Ullstein Krimi

Ullstein Buch Nr. 10194
im Verlag Ullstein GmbH,
Frankfurt/M – Berlin – Wien
Titel der amerikanischen
Originalausgabe:
Til Death
Übersetzt von Charlotte Richter

Neuauflage des UB 864
unter dem Titel
Bis daß der Tod euch scheidet
Frankfurt/M – Berlin – Wien

Umschlagentwurf:
Atelier Noth & Hauer, Berlin
Umschlagfoto: Bilderbox, Overath
Printed in Germany 1983
Druck und Verarbeitung:
Ebner Ulm
ISBN 3 548 10194 1

März 1983

CIP-Kurztitelaufnahme
der Deutschen Bibliothek

McBain, Ed:
Schwarze Hochzeit: Krimi mit
d. 87. Polizeirevier / Ed McBain. Mit e.
Nachw. von Martin Compart. [Übers. von
Charlotte Richter]. – Nachdr. –
Frankfurt/M; Berlin; Wien: Ullstein, 1983.
(Ullstein-Buch; Nr. 10194:
Ullstein-Krimi)
Einheitssacht.: Til death <dt.>
Frühere Aufl. als: Ullstein-Buch;
Nr. 864
ISBN 3-548-10194-1
NE: GT

Vom selben Autor
in der Reihe der
Ullstein Bücher

Versteckspiel mit Damen (1922)
Weißer Schnee für Fixer (1945)
Eiskalt über Leichen (1968)
Neugier macht Mörder (10001)
Schüsse im Regen (10040)
Vor achtzig Millionen Augen –
Die Axt – Puppe (10065)
Kings Lösegeld (10062)
Die lästige Witwe (10077)
Mordgespenster (10115)
Selbstmord kommt vor dem Fall (10105)
Neun im Fadenkreuz (10128)
Späte Mädchen sterben früher (10144)
Killers Lohn (10159)
Die zehn Gesichter der
Annie Boone (10171)
Clifford dankt Ihnen (10183)

Ed McBain

Schwarze Hochzeit

Krimi mit dem
87. Polizeirevier

Mit einem Nachwort
von Martin Compart

Ullstein Krimi

1

Detektiv Steve Carella blinzelte in die frühe Morgensonne des Sonntags, verwünschte sich selbst, weil er am Abend vorher die Jalousien nicht geschlossen hatte, und rollte sich dann auf die linke Seite. Die Sonne folgte ihm erbarmungslos und warf abwechselnd schwarze und goldene Streifen über die weiße Decke. Wie die Häftlingszellen im 87. Revier, dachte er. Bei Gott, mein Bett ist zum Gefängnis geworden.

Nein, das ist nicht fair, dachte er dann. Und außerdem wird alles bald vorüber sein – aber Teddy, ich wünschte wahrhaftig, du würdest dich beeilen.

Er stützte sich auf einen Ellenbogen und sah auf seine schlafende Frau. Teddy, dachte er. Theodora. Die ich immer meine *kleine* Theodora nannte. Wie du dich verändert hast, meine Liebste. Er studierte ihr Gesicht, das, von kurzem schwarzem Haar wirr eingerahmt, auf dem blendend weißen Kissen ruhte. Ihre Augen waren geschlossen, die Lider mit langen schwarzen Wimpern dicht gesäumt wie mit Fransen. Ein schwaches Lächeln lag auf ihren vollen Lippen. Ihr Hals schwang sich in einem makellosen Bogen zu den Brüsten, die unter der Decke lagen – und dann begann der Berg.

Wirklich, Liebling, dachte er, du siehst aus wie ein Berg.

Es ist erstaunlich, wie sehr du einem Berg gleichst. Einem sehr schönen Berg, gewiß, aber trotzdem einem Berg. Ich wünschte, ich wäre ein Gipfelstürmer. Ich wünschte, Süßes, oh, wie ich wünschte, ich könnte dir nahe sein! Wie lange ist es jetzt her? Denk nicht daran, Steve, sagte er sich selbst. Denk einfach nicht daran, weil diese Art von erotischem Rappel niemand auch nur ein bißchen nützt, mir am allerwenigsten.

Steve Carella, der berühmte Asket.

Na, dachte er, das Baby ist am Ende des Monats fällig, bei Gott, das bedeutet nächste Woche! Ist es schon Ende Juni? Natürlich, meine Güte, wie die Zeit verfliegt, wenn man im Bett nichts anderes zu tun hat, als zu schlafen. Ob es ein Junge sein wird? Na, ein Mädchen wäre auch ganz nett, aber oh, was Papa für einen Stunk machen würde, er würde es wahrscheinlich als einen Fleck auf der Ehre Italiens betrachten, wenn sein einziger Sohn Steve als erstes Kind ein Mädchen bekommt.

Welche Namen hatten wir doch erwogen?

Mark, falls es ein Junge, und April, falls es ein Mädchen ist. Und wegen der Namen wird Papa auch Stunk machen, weil er wahrscheinlich so etwas wie Rudolpho oder Serafina im Sinn hat. Stefano Luigi Carella, so heiße ich, und vielen Dank dafür, Papa.

Heute ist die Hochzeit, dachte er plötzlich, und ich bin der rücksichtsloseste große Bruder von der Welt, weil alles, woran ich denken kann, meine eigene Libido ist, während meine kleine Schwester gerade den Sprung wagen will. Na, wie ich Angela kenne, ist ihre Hauptsorge heute vermutlich *ihre* Libido, also sind wir quitt.

Das Telefon klingelte.

Es verblüffte ihn im Augenblick, und er drehte sich rasch nach Teddy um und dachte, das plötzliche Läuten würde sie wecken, dann erst fiel ihm wieder ein, daß seine Frau taubstumm war, immun gegen die kleinen Störungen der Zivilisation wie das Telefon.

»Ich komme schon«, besänftigte er den anhaltenden Lärm. Er schwang die langen Beine über die Bettkante. Er war ein großer Mann mit breiten Schultern und schmalen Hüften, seine Pyjamahosen spannten sich über einem flachen harten Bauch. Mit nackter Brust und barfuß, lässig kraftvoll, ging er zum Telefon, hob den Hörer und hoffte, es wäre kein Anruf von seiner Dienststelle. Seine Mutter würde einen Anfall bekommen, wenn er die Hochzeit versäumte.

»Hallo?« sagte er.

»Steve?«

»Ja. Wer ist da?«

»Tommy. Habe ich dich aufgeweckt?«

»Nein, nein, ich war schon wach.« Er machte eine Pause. »Wie geht's denn dem angehenden Ehemann heute morgen?«

»Ich ... Steve, ich mache mir Sorgen.«

»Oho«, sagte Carella, »du willst doch nicht meine Schwester am Altar sitzenlassen, oder?«

»Nein, nichts dergleichen. Steve, könntest du zu mir rüberkommen?«

»Ehe wir zur Kirche fahren, meinst du?«

»Nein, nein, ich meine sofort.«

»Sofort?« Carella stutzte. Er runzelte die Stirn. Während seiner Jahre im Polizeidienst hatte er viele ängstliche Stimmen am Telefon gehört. Er hatte Tommys Ton zuerst der normalen Nervosität des Bräutigams kurz vor der Hochzeit zugeschrieben, aber er spürte jetzt, daß es etwas Ernsteres war. »Was ist es denn?« fragte er. »Was ist los?«

»Ich ... ich möchte nicht am Telefon darüber sprechen. Kannst du rüberkommen?«

»Ich bin gleich da«, sagte er, »sobald ich mich angezogen habe.«

»Vielen Dank, Steve«, erwiderte Tommy und hängte auf.

Carella legte den Hörer hin. Einen Moment starrte er ihn gedankenvoll an und ging dann ins Badezimmer, um sich zu waschen. Als er ins Schlafzimmer zurückkam, ließ er die Jalousien so weit herab, daß die Sonne seine schlafende Frau nicht stören konnte. Er zog sich an und schrieb eine Nachricht für sie, und dann — kurz ehe er ging — streichelte er mit sehnsüchtiger Zärtlichkeit ihre Brust, seufzte und steckte den Zettel an ihr Kissen. Sie schlief noch, als er die Wohnung verließ.

Tommy Giordano wohnte allein in einem Privathaus in der Vorstadt Riverhead, keine drei Meilen von Carellas Heim entfernt. Er war im Korea-Krieg gewesen, und das Schicksal hatte ihm einen makabren Streich gespielt, als er in Übersee war. Zu einer Zeit, als alle amerikanischen Eltern mit einem Sohn, der Soldat war, sich wegen Schlamm und Kugeln sorgten und jeder Soldatensohn sich wegen mongolischer Kavallerieangriffe, begleitet vom Dröhnen der Trommeln und Gellen der Hörner, sorgte — zu einer solchen Zeit war es undenkbar, daß das alltägliche Leben in den Vereinigten Staaten seine eigenen gespenstischen Gefahren hatte. Tommy kam mit erschreckender Plötzlichkeit zu dieser Erkenntnis.

Sein Hauptmann rief ihn an einem düsteren Regentag in das schmutzige Kommandozelt. So schonend wie möglich informierte er Tommy, daß seine Eltern am Tag vorher bei einem Autounfall umgekommen waren und daß er zum Begräbnis nach Hause geflogen werden würde. Tommy war ein einziges Kind. Er kam nach Hause und sah, wie man zwei Menschen, die er geliebt hatte, in die aufnahmebereite Erde senkte, und dann flog ihn die Armee wieder zurück nach Korea. Während der restlichen Kriegszeit war er niedergeschlagen und ungesellig. Als er endlich entlassen wurde, kehrte er in das Haus zurück, das er von seinen Eltern geerbt hatte. Sein einziger Freund war ein Junge, den er jahrelang kannte — bis er Angela Carella traf.

Und eines Abends weinte er bitterlich in Angelas Armen die Tränen, die er nicht weinen konnte, solange er die Uniform des Soldaten trug. Und dann fühlte er sich wieder wohl. Und jetzt war Tommy Giordano ein freundlich blickender Junge von siebenundzwanzig Jahren mit einem entwaffnendem Grinsen und angenehmen Manieren.

Er öffnete die Tür im Moment, als Carella klingelte, als ob er dahinter gewartet hätte. »Mein Gott, Steve«, sagte er, »ich bin froh, daß du da bist. Komm herein. Möchtest du was trinken?«

»Um neun Uhr morgens?« fragte Carella.

»Ist es so früh? Meine Güte, ich muß dich aus dem Bett geholt haben. Entschuldige, Steve, ich wollte dich nicht stören. Ich werde einen verdammt schlechten Schwager abgeben.«

»Warum hast du angerufen, Tommy?«

»Setz dich doch, Steve. Möchtest du Kaffee? Hast du schon gefrühstückt?«

»Eine Tasse Kaffee könnte ich brauchen.«

»Gut, ich werde uns auch etwas Toast machen. Hör mal, es tut mir verdammt leid, daß ich dich geweckt habe. Ich selbst habe mich die ganze Nacht hin und her gewälzt, so daß ich wahrscheinlich gar nicht merkte, wie früh es war. Mann, dieses Heiraten ist doch ein wahrer Mord. Ich schwöre zu Gott, ich würde lieber einem Artillerieangriff standhalten.«

»Aber darum hast du mich doch nicht angerufen.«

»Nein, nein, es ist etwas anderes. Die Wahrheit zu sagen, ich bin etwas besorgt, Steve. Nicht meinetwegen, aber wegen Angela. Ich meine, ich kann es mir einfach nicht erklären.«

»Was nicht erklären?«

»Also, wie ich sagte ... hör mal, kannst du nicht in die Küche kommen? Damit ich da Kaffee und Toast machen kann? Bist du so nett?«

»Natürlich.«

Sie gingen in die Küche. Carella setzte sich an den Tisch und steckte sich eine Zigarette an. Tommy maß den Kaffee in die Kaffeemaschine.

»Ich konnte die ganze Nacht nicht schlafen«, sagte Tommy. »Ich mußte immer an die Hochzeitsnacht denken. Wenn wir allein sind. Was, zum Teufel, fange ich an, Steve? Ich meine, ich weiß, es ist deine Schwester und all so was, aber was soll ich machen? Wie fange ich es an? Ich liebe das Mädel, ich möchte sie nicht irgendwie verletzen.«

»Das wirst du nicht. Sei nur ruhig, Tommy. Denke einfach daran, daß du sie liebst und geheiratet hast und daß ihr das ganze Leben zusammen sein werdet.«

»Mein Gott, ich will dir die Wahrheit sagen, Steve, ich habe einfach Angst.«

»Das brauchst du nicht.« Er machte eine Pause. »Adam und Eva hatten auch kein Instruktionsbuch, Tommy. Und sie haben doch alles richtig gemacht.«

»Na ja, ich will es hoffen. Natürlich hoffe ich es. Ich wünschte einfach, ich wüßte, was, zum Teufel, ich ihr *sagen soll.«* Sein Ge=

sicht zeigte einen gequälten Ausdruck, und Carella amüsierte sich im Augenblick.

»Vielleicht brauchst du gar nichts zu sagen«, erwiderte er. »Vielleicht versteht sie es auch so.«

»Junge, das hoffe ich.« Tommy stellte die Kaffeemaschine auf den Herd und schob dann zwei Scheiben Brot in den Toaströster. »Aber ich habe dich nicht angerufen, damit du mir Händchenhalten kommst. Es ist etwas anderes.«

»Was ist los?«

»Also, ich sagte dir schon, ich konnte die ganze Nacht nicht schlafen. Darum stand ich wahrscheinlich so früh auf und ging die Milch hereinholen. Sie stellen sie direkt vor die Tür. Zuerst, als ich aus der Armee kam, ging ich immer jeden Morgen in den Laden runter. Aber jetzt lasse ich sie bringen. Es ist ein bißchen teurer, aber ...«

»Komm zur Sache, Tommy.«

»Tja, also ich nahm die Milch rein, und da sah ich dieses kleine Kästchen auf dem Boden, direkt hinter der Tür.«

»Was für ein Kästchen?«

»Eine ganz kleine Schachtel. So wie die Etuis, in denen Ringe liegen, verstehst du? Also ich hob es auf und besah es mir, und da war ein Zettel daran.«

»Und was stand auf dem Zettel?« fragte Carella.

»Also, ich zeige ihn dir gleich. Ich holte die Milch herein, und ich nahm die Schachtel ins Schlafzimmer. Sie war sehr hübsch verpackt, Steve, erstklassiges Papier und eine große Schleife, und der Zettel steckte oben an der Schleife. Es sollte vielleicht eine Überraschung sein. Einer von den Jungens, du verstehst.«

»Hast du die Schachtel aufgemacht?«

»Ja.«

»Was war darin?«

»Du sollst es selbst sehen, Steve.«

Er ging aus der Küche, und Carella hörte ihn im Schlafzimmer eine Schublade aufziehen und wieder schließen. Dann kehrte Tommy in die Küche zurück. »Hier ist der Zettel«, sagte er.

Carella betrachtete die handgeschriebene Botschaft auf dem kleinen Rechteck: Für den Bräutigam!

»Und die Schachtel?« fragte er.

»Hier«, sagte Tommy und reichte Carella das kleine Kästchen. Carella stellte es auf den Küchentisch und hob den Deckel. Dann machte er den Deckel sehr schnell wieder zu.

In einer Ecke der Schachtel hockte eine »Schwarze Witwe«.

2

Carella schob die Schachtel augenblicklich von sich fort. Ein Ausdruck äußersten Ekels war über sein Gesicht geglitten und lag noch immer in seinen Augen und um seine Mundwinkel.

»Tja«, sagte Tommy, »genauso ging es mir auch.«

»Du hättest mir sagen können, was in der Schachtel ist«, bemerkte Carella, der seinen zukünftigen Schwager für einen Sadisten zu halten begann. Er hatte Spinnen nie leiden können. Während des Krieges hatte er auf einer Insel im Pazifik genauso hart gegen kriechende Dschungelinsekten gekämpft wie gegen die Japaner. »Du glaubst, da hat dir jemand einen Streich gespielt?« fragte er ungläubig.

»Das dachte ich, bevor ich die Schachtel aufmachte. Jetzt weiß ich nicht mehr recht. Man muß schon einen sehr sonderbaren Sinn für Humor haben, wenn man jemand eine ›Schwarze Witwe‹ schenkt. Oder überhaupt irgendeine Spinne, um Christi willen!«

»Ist der Kaffee fertig?«

»Gleich.«

»Ich brauche jetzt aber wirklich eine Tasse. Spinnen haben eine doppelte Wirkung auf mich, mein Mund trocknet aus, und ich kriege eine Gänsehaut.«

»Ich kriege auch eine Gänsehaut«, sagte Tommy. »Als ich in Texas zur Grundausbildung war, mußten wir jeden Morgen unsere Schuhe ausschütteln, ehe wir sie anzogen. Um sicher zu sein, daß während der Nacht keine Skorpione hineingekrochen waren.«

»Bitte!« rief Carella.

»Ja, es graust einen, nicht wahr?«

»Haben irgendwelche Freunde von dir ... solchen komischen Sinn für Humor?« Carella schluckte mühsam. Er schien keine Spucke mehr im Mund zu haben.

»Also, ich kenne ein paar verrückte Typen«, sagte Tommy, »aber dies geht doch ein bißchen weit, meinst du nicht? Ich meine, das ist doch etwas ausgefallen.«

»Das kann man wohl sagen«, gab Carella zurück. »Wie steht's mit dem Kaffee?«

»In einer Minute.«

»Natürlich *kann* es ein Scherz sein, wer weiß?« sagte Carella. »Eine Art Hochzeitsulk. Schließlich ist die Spinne ein klassisches Symbol.«

»Wofür?«

»Für die Vagina«, sagte Carella.

Tommy errötete. Ein leuchtendes Karmin stieg von seinem Hals auf und verbreitete sich schnell über sein ganzes Gesicht. Wenn Carella es nicht mit eigenen Augen gesehen hätte, würde er es nie geglaubt haben. Er wechselte schnell das Thema.

»Oder vielleicht ist es nur ein schlechter Witz auf die Ehe im allgemeinen. Du verstehst, die weibliche ›Schwarze Witwe‹ frißt angeblich ihren Partner auf.«

Tommy errötete wieder, und Carella merkte, daß es bei einem prospektiven Bräutigam keinen sicheren Boden gibt. Außerdem hatte er eine Gänsehaut, und seine Kehle war trocken. Und kein zukünftiger Schwager hatte das Recht, einem so früh am Morgen eine Spinne zu präsentieren – besonders am Sonntagmorgen.

»Und natürlich«, fuhr er fort, »gibt es da auch ominösere Möglichkeiten – wenn wir uns danach umsehen.«

»Tja«, sagte Tommy. Er beobachtete den Herd. »Der Kaffee ist fertig.« Er trug die Kanne zum Tisch und goß ein. »Ein Scherz ist ein Scherz, aber angenommen, ich hätte in die Schachtel gefaßt und wäre gebissen worden? Die ›Schwarze Witwe‹ ist giftig.«

»Angenommen, *ich* hätte hineingefaßt?« fragte Carella.

»Keine Sorge, das hätte ich nicht zugelassen. Aber es war niemand hier, als ich die Schachtel aufmachte. Mich hätte sie beißen können.«

»Vielleicht hätte es dich nicht umgebracht.«

»Nein, aber ich wäre ziemlich krank geworden.«

»Vielleicht möchte jemand, daß du deine Hochzeit versäumst«, sagte Carella.

»Daran habe ich gedacht. Ich habe auch an etwas anderes gedacht.«

»Woran?«

»Warum eine ›Schwarze Witwe‹ schicken? Eine Witwe, verstehst du mich? Es ist fast als ob ... also ... vielleicht ist es ein Wink, daß Angela am selben Tage Braut und Witwe werden soll.«

»Du sprichst wie ein Mann, der einen Haufen Feinde hat, Tommy.«

»Nein. Aber ich dachte, es ist vielleicht ein Wink.«

»Eine Warnung, meinst du.«

»Ja. Und ich habe mir die ganze Zeit, seitdem ich dieses Kästchen öffnete, den Kopf zerbrochen und versucht herauszubekommen, wer ... wer mir den Tod wünscht.«

»Und wer ist dir eingefallen?«

»Nur ein Bursche, und der ist dreitausend Meilen weit weg.«

»Wer?«

»Ein Kerl, den ich in der Armee kannte. Er behauptete, ich sei verantwortlich dafür, daß sein Kumpel totgeschossen wurde. Das stimmt nicht, Steve. Wir waren zusammen auf Patrouille, als ein Scharfschütze auf uns feuerte. Ich duckte mich in dem Moment, als ich den Schuß hörte, und dieser andere Bursche wurde getroffen. Also behauptet sein Kumpel, ich sei verantwortlich. Sagte, ich hätte rufen sollen, daß da ein Scharfschütze ist. Wie, zum Teufel, sollte ich aber rufen? Ich wußte es ja selbst nicht, bis ich den Schuß hörte, und da war es zu spät.«

»Starb der Mann?«

Tommy zögerte. »Ja«, sagte er schließlich.

»Und sein Kumpel drohte dir?«

»Er sagte, eines Tages würde er mich umbringen.«

»Und was passierte dann?«

»Er wurde nach Hause zurück verschifft. Erfrierung oder so was, ich weiß nicht. Er wohnt in Kalifornien.«

»Hast du seither von ihm gehört?«

»Nein.«

»War er die Art Mensch, der so etwas tun würde? Eine Spinne schicken?«

»Ich kannte ihn nicht sehr gut. Soweit ich ihn kannte, schien er mir ein Kerl zu sein, der Spinnen zum Frühstück essen konnte.«

Carella würgte fast seinen Kaffee heraus. Er stellte die Tasse hin und sagte: »Tommy, ich will dir einen Rat geben. Angela ist ein sehr sensitives Mädchen. Wahrscheinlich vererbt sich das in der Familie Carella. Wenn du es nicht auf eine baldige Scheidung abgesehen hast, dann würde ich nicht mit ihr über haarige oder kriechende oder ...«

»Entschuldige, Steve«, sagte Tommy.

»Okay. Wie hieß dieser Bursche? Der dir drohte?«

»Sokolin. Marty Sokolin.«

»Hast du ein Bild von ihm?«

»Nein. Was sollte ich damit?«

»Wart ihr in der gleichen Kompanie?«

»Ja.«

»Hast du nicht eins von diesen Kompanie=Gruppenbildern, auf denen jeder grinst und dabei wünscht, er wäre nur schon raus aus der Armee?«

»Nein.«

»Kannst du ihn beschreiben?«

»Er war ein sehr großer, fleischiger Kerl mit einer gebrochenen Nase. Er sah aus wie ein Ringer. Schwarzes Haar, sehr dunkle Augen. Eine kleine Narbe am rechten Auge. Er rauchte dauernd Zigarren.»

»Glaubst du, daß er vorbestraft ist?«

»Ich weiß nicht.«

»Gut, wir werden das untersuchen.« Carella war einen Moment

nachdenklich. »Es sieht aber nicht so aus, als ob es dieser Bursche ist. Ich meine, wie zum Teufel, könnte er wissen, daß du heute heiratest? Er zuckte die Achseln. »Verdammt, es ist vielleicht doch nur ein Witz. Jemand mit einem perversen Sinn für Humor.«

»Mag sein«, sagte Tommy, aber er schien nicht überzeugt.

»Wo ist dein Telefon?« fragte Carella.

»Im Schlafzimmer.«

Carella ging aus der Küche. Er zögerte. »Tommy, würde es dir etwas ausmachen, ein paar Extragäste bei deiner Hochzeit zu haben?« fragte er.

»Nein. Warum?«

»Nun, falls dies kein Scherz ist — vermutlich ist es das —, aber falls es kein Scherz ist, wollen wir doch nicht, daß dem Bräutigam etwas zustößt, nicht wahr?« Er grinste. »Und das ist das Angenehme daran, wenn man einen Cop zum Schwager hat, daß er Leibwachen besorgen kann, wann immer er sie braucht. Selbst an einem Sonntag.«

Es gibt eigentlich keinen Sonntag bei der Polizei. Sonntag ist dasselbe wie Montag und Dienstag und alle anderen Tage. Wenn man zufällig am Sonntag Dienst hat, heißt das. Wenn man zufällig Weihnachten Dienst hat, ist das besonderes Pech, es sei denn, man kann einen Tausch mit einem Cop arrangieren, der nicht Weihnachten feiert. Das Leben ist nur ein Karussell bei der Polizei.

Am Sonntagmorgen, dem 22. Juni, saß Detektiv Meyer Meyer im Dienstraum des 87. Reviers. Es war kein schlechter Tag, um den Befehl über die Sechsmanngruppe von Detektiven zu haben, die ihre Schicht um acht Uhr morgens begonnen hatte und bis sechs Uhr nachmittags durcharbeiten würde. Es ging ein mildes Lüftchen, der Himmel war wolkenlos blau, und die Sonne strömte durch die Maschendrahtgitter vor den Fenstern. Der Dienstraum, von Zeit und Abnutzung schäbig, war an einem solchen Tage ganz gemütlich. Es gab Zeiten, da die Temperatur in der Stadt bis in die Dreißiger-Grade stieg, und dann war der Dienstraum des 87. Reviers nichts ähnlicher als einem großen eisernen Sarg. Aber heute nicht. Heute konnte ein Mann sitzen, ohne daß ihm die Hosen am Hintern klebten. Heute konnte ein Mann Berichte tippen oder Telefonanrufe beantworten oder in den Akten wühlen, ohne Gefahr zu laufen, in eine kleine unkenntliche Pfütze am Boden des Dienstraums zu zerschmelzen.

Meyer Meyer war ganz zufrieden. Seine Pfeife paffend, studierte er die Steckbriefe auf seinem Schreibtisch und dachte, wie schön es doch sei, im Juni zu leben.

Bob O'Brien, der barfuß sechs Fuß und ein Zoll groß war und zweihundertundzehn Pfund wog, stampfte durch das Zimmer und sank in den Stuhl neben Meyers Schreibtisch. Meyer hatte sofort ein Gefühl des Unheils, denn wenn es je einen verhexten Cop gab, dann war es O'Brien. Seit der Zeit, da er gezwungen gewesen war, vor Jahren einen benachbarten Fleischer zu erschießen – einen Mann, den er gekannt hatte, seit er ein Junge war –, schien O'Brien sich beständig in solchen Klemmen zu befinden, wo Schießen absolut nötig war. Er hatte Eddie, den Fleischer, nicht töten wollen. Aber Eddie hatte ein bißchen den Verstand verloren und war rasend aus seinem Laden gekommen, ein großes Fleischermesser gegen eine unschuldige Frau schwingend. O'Brien versuchte, ihn aufzuhalten, aber es half nichts. Eddie schlug ihn auf das Pflaster nieder und erhob dann das Fleischermesser, und O'Brien, der instinktiv handelte, zog seinen Dienstrevolver und feuerte. Er tötete Eddie mit dem einzigen Schuß. Und in jener Nacht ging er nach Hause und weinte wie ein Kind. Er hatte seither sechs Männer getötet. In jedem Fall hatte er seinen Revolver nicht ziehen wollen – aber die Umstände verbündeten sich so, daß sie ihn zu der Handlung des legalen Mordes zwangen. Und wann immer er gezwungen war zu töten, weinte er noch immer. Nicht offen, er weinte innerlich, wo es am meisten wehtut.

Die Cops vom 87. Revier waren kein abergläubischer Haufen, aber trotzdem scheuten sie davor zurück, mit Bob O'Brien zusammen einer Beschwerde nachzugehen. Wenn O'Brien dabei war, mußte es zur Schießerei kommen. Sie wußten nicht warum. Es war gewiß nicht Bobs Schuld. Er war immer der letzte Mensch auf der

Szene, der den Revolver zog, und er tat es nie, wenn es nicht unbedingt notwendig wurde. Aber mit O'Brien dabei würde es unzweifelhaft Schießerei geben, und die Cops vom 87. Revier waren normale menschliche Wesen, die sich nicht danach sehnten, in Revolverduelle verwickelt zu werden. Sie wußten, wenn O'Brien ausging, um ein Murmelspiel von sechsjährigen Jungens zu unterbrechen, dann würde einer dieser Bengel wunderbarerweise ein Maschinengewehr auspacken und zu feuern beginnen. Das war Bob O'Brien. Ein Cop mit Pech.

Und dies war natürlich pure Übertreibung der Polizei, denn O'Brien war zehn Jahre lang Polizist, vier davon beim 87. Revier, und er hatte in der ganzen Zeit nur sieben Menschen erschossen. Immerhin, es war ein recht hübscher Durchschnitt.

»Wie geht es, Meyer?« fragte er.

»Oh, sehr gut«, sagte Meyer. »Sehr gut, danke.«

»Ich muß mich wundern.«

»Worüber?«

»Über Miscolo.«

Miscolo war der Streifenpolizist, der im Schreibbüro Dienst hatte. Meyer wunderte sich sehr selten über ihn. Tatsächlich dachte er sogar kaum an ihn.

»Was ist mit Miscolo los?« fragte er jetzt.

»Sein Kaffee«, sagte O'Brien.

»Stimmt etwas nicht mit seinem Kaffee?«

»Er pflegte eine gute Tasse Kaffee zu kochen«, sagte O'Brien nachdenklich. »Ich kann mich an Zeiten erinnern, besonders während des Winters, wenn ich von einer Ermittlung oder so was hierher kam, und da wartete eine Tasse von Miscolos Kaffee auf mich; und ich kann dir sagen, Meyer, man fühlte sich danach wie ein Prinz, wie ein regelrechter Fürst. Der Kaffee war stark, hatte Aroma und Geschmack.«

»Du verschwendest deine Zeit mit Polizeiarbeit«, sagte Meyer. »Im Ernst, Bob. Du solltest Werbesprecher beim Fernsehen werden. Du kannst auf eine Art Kaffee verkaufen . . .«

»Hör auf, ich spreche im Ernst.«

»Entschuldige, entschuldige. Also was stimmt mit seinem Kaffee jetzt nicht?«

»Ich weiß nicht. Es ist einfach nicht mehr derselbe. Und weißt du, wann er sich änderte?«

»Wann?«

»Als er angeschossen wurde. Erinnerst du dich, als diese verrückte Dame hier nach oben kam mit einer Flasche TNT und auf Miscolo schoß? Entsinnst du dich?«

»Ich entsinne mich«, sagte Meyer. Er entsann sich sehr gut. Er hatte noch Narben als Erinnerung an die Schläge mit der Pistole, die er von Virginia Dodge an jenem letzten Tage des Oktober bekommen hatte. »Ja, ich erinnere mich.«

»Also, gleich nachdem Miscolo aus dem Krankenhaus kam, am ersten Tage, als er wieder im Dienst war, wurde der Kaffee schlecht. Nun, was meinst du, woher kommt so etwas, Meyer?«

»Meine Güte, ich weiß es nicht, Bob.«

»Denn für mich ist es ein Phänomen, wirklich. Ein Mann wird angeschossen, und plötzlich kann er keinen guten Kaffee mehr kochen. Also für mich ist das eines der acht Weltwunder.«

»Warum fragst du Miscolo nicht?«

»Aber wie kann ich das, Meyer? Er ist stolz auf den Kaffee, den er kocht. Kann ich ihn fragen, wie es kommt, daß sein Kaffee plötzlich nichts mehr taugt? Wie könnte ich das, Meyer?«

»Wahrscheinlich kannst du es nicht.«

»Und ich kann auch keinen Kaffee von außerhalb holen, sonst würde er gekränkt sein. Was soll ich nur machen, Meyer?«

»Meine Güte, Bob, ich weiß nicht. Mir scheint, du hast wirklich schwere Sorgen. Warum versuchst du nicht die Beschäftigungstherapie?«

»Was?«

»Warum lädst du nicht ein paar von den Zeugen an jenem Raubüberfall vor, den wir neulich hatten, und versuchst, etwas mehr aus ihnen herauszukriegen?«

»Du denkst, ich bin albern, meinst du das?«

»Habe ich das gesagt, Bob?«

»Ich bin nicht albern, Meyer«, sagte O'Brien. »Ich habe nur Durst auf etwas Kaffee. Und der Gedanke, Miscolos Kaffee zu trinken, macht mich krank.«

»Trink statt dessen ein Glas Wasser.«

»Um neun Uhr dreißig morgens?« O'Brien sah entsetzt aus. »Meinst du, wir könnten den Pförtner anrufen und Murchison bitten, etwas Kaffee von draußen hereinzuschmuggeln?«

Das Telefon auf Meyers Schreibtisch läutete. Er nahm den Hörer ab und sagte: »87. Revier, Detektiv Meyer.«

»Meyer, hier ist Steve.«

»Hallo, Junge. Sehnsucht nach dem Büro, ja? Kannst nicht widerstehen, selbst an deinem freien Tag anzurufen?«

»Deine schönen blauen Augen sind es, die mir fehlen«, sagte Carella.

»Tja, jeder ist bezaubert von meinen Augen. Ich dachte, heute heiratet deine Schwester.«

»Das stimmt.«

»Also was kann ich für dich tun? Brauchst du ein paar Dollar für ein Hochzeitsgeschenk?«

»Nein. Meyer, würdest du einen Blick auf den neuen Dienstplan werfen und nachsehen, wer in dieser Woche in meiner Gruppe ist? Ich möchte wissen, wer außer mir heute frei hat.«

»Du brauchst einen vierten Mann zum Bridge? Warte eine Sekunde.« Er öffnete seine Schreibtischschublade und zog einen Hefter heraus, an dem ein kleinbedrucktes Blatt angeklammert war. Er studierte die Liste, ließ den Zeigefinger die Seite herunterlaufen.

»Oh, tun mir diese armen Hunde leid«, sagte Meyer ins Telefon. »Müssen mit einem solchen Schinder zusammenarbeiten . . .«

»Los, los, wer ist es?« fragte Carella.

»Kling und Hawes.«

»Hast du ihre Privatnummern zur Hand?«

»Wünschen Sie sonst noch etwas, Sir? Schuhe putzen? Hosen bügeln? Soll ich Ihnen meine Frau fürs Weekend ausleihen?«

»Also, das ist keine schlechte Idee«, sagte Carella grinsend.

»Halt den Mund. Hast du einen Bleistift, um es aufzuschreiben?«

»Sarahs Nummer?«

»Laß Sarah aus dem Spiel.«

»Du warst es, der sie hereingebracht hat.«

»Hör mal, alter Bock, willst du diese Nummern haben oder nicht? Wir versuchen hier ein bißchen strammen Dienst aufzuziehen.«

»Schieß los«, sagte Carella, und Meyer gab ihm die Nummern. »Danke dir. Nun möchte ich gern, daß du noch ein paar Sachen für mich tust. Erstens, willst du nachsehen, was du über einen Burschen mit Namen Marty Sokolin herauskriegst? Du wirst vielleicht eine Niete ziehen, weil er in Kalifornien wohnt, und wir haben nicht Zeit genug, um beim FBI nachzufragen. Aber rufe unsern eigenen Erkennungsdienst an und höre, ob er in den letzten drei Jahren hier aufgetaucht ist. Was noch wichtiger ist, versuche festzustellen, ob er jetzt hier ist.«

»Ich dachte, du hast heute deinen freien Tag«, sagte Meyer verdrießlich.

»Ein gewissenhafter Cop hat nie einen freien Tag«, sagte Carella gewissenhaft. »Das letzte ist folgendes. Kannst du einen Streifenmann zu meinem Hause schicken, um ein Schriftstück abzuholen? Ich möchte gern, daß das Laboratorium es untersucht, und ich möchte gern so bald wie möglich einen Bericht haben.«

»Du denkst wohl, wir unterhalten hier einen privaten Botendienst?«

»Na vorwärts, Meyer, laß die Pferde los. Ich werde in einer halben Stunde etwa zu Hause sein. Versuche, mich vor zwölf Uhr wegen Sokolin anzurufen. Willst du?«

»Ich werde es versuchen«, sagte Meyer. »Was tust du sonst noch zur Zerstreuung an deinem freien Tag? Übst vielleicht Pistolenschießen?«

»Auf Wiedersehen, Meyer«, sagte Carella. »Ich muß Bert und Cotton anrufen.«

Cotton Hawes schlief wie ein Toter, als das Telefon in seiner Junggesellenwohnung läutete. Er hörte es nur unbestimmt und als ein fernes Klimpern. Während des zweiten Weltkrieges war er der einzige Mann an Bord seines Torpedoboots gewesen, der sich dadurch auszeichnete, daß er das Blöken des Großalarms verschlief. Er hatte wegen dieses Zwischenfalls fast seinen Rang als Torpedomaat verloren. Aber der Kommandant des Schiffes war ein Oberleutnant zur See, der als Radartechniker für die Marinenachrichtendivision ausgebildet worden war und der Torpedos nicht von Schuhnägeln unterscheiden konnte. Er erkannte, etwas gekränkt in seinem Selbstbewußtsein, daß der Mann, der das Boot wirklich kommandierte, der Mann, der die Verbindung mit der Mannschaft hielt, der Mann, der über Navigation und Ballistik Bescheid wußte, Cotton Hawes war und nicht er. Der Oberleutnant, paradoxerweise von der Besatzung »der Alte« genannt, obwohl er erst fünfundzwanzig Jahre zählte, war in seiner Heimatstadt Schenectady, New York, Plattenjockey gewesen. Er wünschte nur, heil zu seinen geliebten Platten, seinem geliebten MG=Kabriolett und seiner geliebten Annabelle Tyler zurückzukehren, mit der er seit der höheren Schule ging. Er schätzte weder die Kommandopflichten der Marine noch ihre Zurechtweisungen, noch ihre Operationen. Er wußte, er hatte eine Aufgabe zu erfüllen, und er wußte, er konnte das nicht ohne Cotton Hawes' vollständige Mitarbeit tun. Vielleicht wäre der Admiral entzückt gewesen, wenn Hawes zum Torpedomann degradiert worden wäre. Der Oberleutnant scherte sich einen Pfifferling um den Admiral.

»Sie werden auf das Zeug aufpassen müssen«, sagte er zu Hawes. »Es geht nicht, daß Sie einen zweiten Angriff der Kamikaze verschlafen.«

»Nein, Sir«, sagte Hawes. »Es tut mir leid, Sir. Ich habe einen festen Schlaf.«

»Ich werde einen Matrosen bestimmen, der Sie weckt, wann immer Großalarm gegeben wird. Das sollte dann genügen.«

»Ja, Sir«, sagte Hawes. »Danke Ihnen, Sir.«

»Wie, zum Teufel, haben Sie es fertig bekommen, während dieses höllischen Lärms zu schlafen, Cotton? Wir hatten fast zwei direkte Treffer auf unsern Bug!«

»Meine Güte, ich kann nichts dafür«, sagte Hawes. »Ich habe so einen festen Schlaf.«

»Gut, irgend jemand wird Sie von jetzt an wecken«, sagte der Oberleutnant. »Wir wollen doch lebend durch diese verdammte Geschichte kommen, was, Cotton?«

Sie kamen lebend durch die verdammte Geschichte. Cotton Hawes hörte nie wieder von dem Oberleutnant, nachdem sie sich in Lido Beach getrennt hatten. Er nahm an, er wäre zu seinen Platten nach Schenectady, New York, zurückgekehrt. Und obgleich der Torpedomaat zeitweise weitere Versuche der japanischen Flieger, das Boot zu versenken, verhindert hatte, war der Sieg über Morpheus doch nur oberflächlich. Cotton Hawes hatte noch immer einen tiefen Schlaf. Er schrieb das der Tatsache zu, daß er ein großer Mann war, sechs Fuß zwei Zoll hoch, und hundertundneunzig Pfund wog. Große Männer, behauptete er, brauchten eine Masse Schlaf.

Das Telefon klingelte immer noch irgendwo in weiter Ferne. Es gab Bewegung im Bett, das Knarren von Sprungfedern, das Rascheln einer zurückgeworfenen Decke. Hawes rührte sich ein bißchen. Das ferne Klingeln war jetzt etwas lauter. Und dann kam zu dem Klingeln eine schlaftrunkene Stimme.

»Hallo?« sagte die Stimme. »Wer? Es tut mir leid, Mr. Carella, er schläft. Können Sie nicht ein bißchen später anrufen? Ich? Ich bin Christine Maxwell.« Die Stimme schwieg. »Nein, ich glaube nicht, daß ich ihn jetzt gleich wecken sollte. Kann er Sie nicht anrufen, wenn er ...« Christine machte wieder eine Pause. Cotton setzte sich im Bett auf. Sie stand nackt am Telefon, den Hörer am Ohr, das blonde Haar zurückgestrichen, so daß es in aufregendem Kontrast über den schwarzen Hörer fiel. Entzückt betrachtete er sie, die schlanken Finger, die sich um den Hörer schlossen, den anmutigen Arm, den langen schlanken Körper. Jetzt waren ihre Brauen zusammengezogen, ihre blauen Augen blickten verblüfft.

»Aber«, sagte sie, »warum haben Sie nicht gleich gesagt, daß Sie von seiner Abteilung sind? Einen Moment nur, ich will mal nachsehen, ob ...«

»Ich bin schon auf«, sagte Hawes vom Bett her.

»Nur eine Sekunde«, rief Christine ins Telefon. »Er kommt jetzt.« Sie hielt das Mundstück des Hörers zu. »Es ist ein Steve Carella. Er sagt, er ist vom 87. Revier.«

»Das stimmt«, sagte Hawes und ging zum Telefon.

»Heißt das, du mußt heute zum Dienst gehen?«

»Ich weiß nicht.«

»Du hast mir versprochen, den Tag mit mir zu verbringen ...«

»Ich habe ja noch gar nicht mit ihm gesprochen, Schätzchen.« Sanft nahm Hawes ihr den Hörer aus der Hand. »Hallo, Steve«, sagte er. Er gähnte.

»Habe ich dich aus dem Bett geholt?«

»Ja.«

»Hast du heute was vor?«

»Ja.«

»Würdest du mir einen Gefallen tun?«

»Nein.«

»Tausend Dank.«

»Es tut mir leid, Steve, ich habe eine Verabredung. Ich soll eine Bootsfahrt auf dem Harb machen.«

»Kannst du nicht absagen? Ich brauche Hilfe.«

»Wenn ich absage, wird die Dame mir das Genick brechen.« Christine, die der Unterhaltung lauschte, nickte nachdrücklich.

»Ach was. Ein großer starker Kerl wie du. Du kannst das Mädchen mitbringen.«

»Wohin mitbringen?«

»Zur Hochzeit meiner Schwester.«

»Ich mag keine Hochzeiten«, sagte Hawes. »Sie machen mich nervös.«

»Jemand hat meinen zukünftigen Schwager bedroht. Oder es sieht jedenfalls so aus. Ich möchte gern ein paar Leute, denen ich trauen kann, unter den Hochzeitsgästen haben. Nur im Falle, daß was passiert. Was sagtest du?«

»Also ...«, begann Hawes. Christine schüttelte den Kopf. »Nein, Steve. Es tut mir leid.«

»Hör mal, Cotton, wann habe ich dich das letzte Mal um einen Gefallen gebeten?«

»Also . . .«, begann Hawes wieder, und wieder schüttelte Christine den Kopf. »Ich kann nicht, Steve.«

»Die Getränke sind frei«, sagte Carella.

»Nein.«

»Bring das Mädchen doch mit.«

»Nein.«

»Cotton, ich bitte dich um einen Gefallen.«

»Nur eine Sekunde«, sagte Hawes, und er bedeckte das Mundstück mit der Hand.

»Nein«, rief Christine sofort.

»Du bist eingeladen«, sagte Hawes. »Zu einer Hochzeit. Was meinst du dazu?«

»Ich will diese Bootsfahrt machen. Ich bin nicht mehr Boot gefahren, seit ich Achtzehn war.«

»Wir fahren nächsten Sonntag, okay?«

»Nächsten Sonntag hast du nicht frei.«

»Also, den ersten Sonntag, den ich frei habe, okay?«

»Nein.«

»Christine?«

»Nein.«

»Süßes?«

»Ach, verdammt!«

»In Ordnung?«

»Verdammt«, sagte Christine wieder.

»Steve«, rief Hawes ins Telefon, »wir kommen.«

»Verdammt«, sagte Christine.

»Wo sollen wir uns treffen?«

»Kannst du ungefähr um zwölf in meine Wohnung herüberkommen?«

»Sicher, wie ist die Adresse?«

»837 Dartmouth. In Riverhead.«

»Wir werden dort sein.«

»Danke vielmals, Cotton.«

»Du kannst mir Blumen zum Begräbnis schicken«, sagte Hawes und hängte auf.

Christine stand fauchend neben dem Telefon, die Arme über der Brust gekreuzt. Hawes griff nach ihr, aber sie sagte: »Rühren Sie mich nicht an, Mr. Hawes.«

»Schätzchen . . .«

»Sag nicht Schätzchen zu mir.«

»Christine, Schätzchen, er ist in einer Klemme.«

»Du versprachst mir, daß wir diese Bootsfahrt machen würden. Ich habe alles vor *drei Wochen* arrangiert. Jetzt . . .«

»Das hier konnte ich nicht vermeiden. Sieh mal, Carella ist zufällig mein Freund. Und er braucht meine Hilfe.«

»Und was bin ich?«

»Das Mädchen, das ich liebe,« sagte Hawes. Er nahm sie in die Arme.

»Sicher«, antwortete Christine kalt.

»Du weißt, daß ich dich liebe.« Er küßte sie auf die Nasenspitze.

»Natürlich. Du liebst mich, ganz recht. Ich bin für dich die lustige Witwe. Ich bin nur das Mädchen, das du . . .«

»Du bist eine sehr reizende Witwe.«

». . . in einer Buchhandlung aufgegabelt hast.«

»Es ist eine sehr hübsche Buchhandlung«, sagte Hawes und küßte sie auf den Kopf. »Du hast so schönes weiches Haar.«

»Ich stehe nicht so allein in der Welt, wie du vielleicht denkst«, sagte Christine, die Arme noch immer über der Brust verschränkt. »Ich könnte hundert Männer haben, die diese Bootsfahrt mit mir machen.«

»Ich weiß«, sagte er und küßte ihr Ohrläppchen.

»Du gemeiner Kerl«, sagte sie. »Zufällig liebe ich dich nur.«

»Ich weiß.« Er küßte ihren Nacken.

»Hör auf damit.«

»Warum?«

»Du weißt warum.«

»Warum?«

»Hör auf damit«, sagte sie, aber ihre Stimme klang weicher und ihre Arme lockerten sich. »Wir müssen doch zu deinem Freund gehen, nicht wahr?«

»Nicht vor zwölf Uhr mittags.«

Christine schwieg. »Ich liebe dich wirklich«, sagte sie.

»Und ich liebe dich.«

»Darauf möchte ich wetten. Ich wette nur, daß du ...«

»Pst, pst«, sagte er und suchte ihren Mund, und sie legte die Arme um seinen Hals. Er hielt sie fest, seine großen Hände wühlten in ihrem langen blonden Haar. Er küßte sie wieder, und sie vergrub ihr Gesicht an seiner Schulter, und er sagte: »Komm. Komm.«

»Aber dein Freund. Wir haben keine Zeit ...«

»Es ist Zeit genug.«

»Wir müssen doch ...«

»Wir haben Zeit.«

»Aber wollten wir nicht ...?«

»Wir haben Zeit«, sagte er sanft.

Bert Kling las die Comics in der Sonntagszeitung, als Carellas Anruf kam. Er warf einen letzten nachdenklichen Blick auf Dick Tracys Armbandradio und ging dann ans Telefon.

»Bert Kling«, sagte er.

»Hallo, Bert. Hier ist Steve.«

»O weh«, sagte Kling sofort.

»Du bist beschäftigt?«

»Ich beantworte keine Suggestivfragen. Was ist passiert? Was willst du?«

»Sei nicht so grob. Grobheit steht der Jugend nicht.«

»Muß ich zum Dienst kommen?«

»Nein.«

»Was dann?«

»Meine Schwester heiratet heute. Der Bräutigam hat so etwas wie einen Drohbrief bekommen.«

»Und? Warum ruft er nicht die Polizei?«

»Das hat er ja getan. Und jetzt rufe ich dich. Hast du Lust, zu einer Hochzeit zu gehen?«

»Wann? Um wieviel Uhr?«

»Kannst du um zwölf Uhr hier sein?«

»Ich muß heute abend Claire abholen. Es gibt da einen Film, den sie sehen möchte.«

»Okay.«

»Wo bist du jetzt?« fragte Kling.

»Zu Hause. 837 Dartmouth. In Riverhead. Kannst du gegen zwölf hier sein?«

»Ja.«

»Bert?«

»Was?«

»Bring die Kanone mit.«

»Okay«, sagte Kling, hängte ab und ging zurück zu seiner Zeitung. Er war ein langer blonder Mann von fünfundzwanzig Jahren, und er sah in seinen kurzen Unterhosen jünger aus, weil seine Beine mit einem hellen blonden Flaum bedeckt waren. Er rollte sich in seinen Armsessel, studierte noch einmal das Armbandradio und beschloß dann, Claire anzurufen. Er ging zum Telefon und wählte ihre Nummer. »Claire«, sagte er. »Hier ist Bert.«

»Hallo, Liebster.«

»Ich gehe heute nachmittag zu einer Hochzeit.«

»Nicht zu deiner eigenen, hoffe ich.«

»Nein. Steves Schwester. Willst du mitkommen?«

»Ich kann nicht. Ich habe es dir doch erzählt. Ich muß meinen Vater zum Friedhof hinausfahren.«

»Ach ja, richtig. Okay, ich hole dich also um neun Uhr ab. In Ordnung?«

»Gut. Der Film ist in einem Freilichtkino. Paßt dir das?«

»Das ist fein. Wir können knutschen, wenn es langweilig wird.«

»Wir können sogar knutschen, wenn es nicht langweilig ist.«

»Was ist es überhaupt für ein Film?«

»Es ist ein alter Film«, sagte Claire, »aber ich denke, er wird dir gefallen.«

»Wie heißt er denn?«

»Razzia«, antwortete sie.

Das Paket vom Büro für Criminal Identification kam um zehn Uhr siebenunddreißig vormittags beim 87. Revier an.

Tatsächlich war Meyer Meyer überrascht darüber. Die Chancen, daß dieser Marty Sowieso überhaupt eine Vorstrafe hatte, waren erstens recht gering. Rechnete man dazu die Möglichkeit, daß er eine Vorstrafe gerade in *dieser* Stadt haben sollte, dann gingen die Chancen über den Bereich des Glaubwürdigen hinaus. Aber er hatte eine Vorstrafe, und sie fand sich in den umfangreichen Akten des Erkennungsdienstes, und jetzt lag eine Fotokopie seiner Akte auf Meyers Schreibtisch, und er blätterte sie gemächlich durch.

Marty Sokolin war kein großer Verbrecher. Er war, nach den Maßstäben der Polizei, nicht einmal ein kleiner Verbrecher. Er war ein Mann, der einmal in Schwierigkeiten geraten war. Seine Strafe befand sich zufällig in den Akten des Erkennungsdienstes, weil er, auf Urlaub aus Kalifornien, in dieser Stadt in Schwierigkeiten geraten war.

Vielleicht war es bezeichnend, daß Marty Sokolin nicht wegen Erfrierungen aus der Armee entlassen worden war, wie Tommy Giordano angenommen hatte. Es stimmte jedoch, daß er aus gesundheitlichen Gründen entlassen worden war. Aber er war als Neurastheniker in eine Nervenklinik in Pasadena, Kalifornien, überwiesen worden.

Meyer Meyer wußte nichts von Tommys Vermutung der Erfrierungen. Er wußte jedoch, daß Neurasthenie der moderne psychiatrische Ausdruck für das war, was man im ersten Weltkrieg schlicht und einfach Grabenschock genannt hatte. Ein Psychiater hätte es vermutlich als Nervenschwäche oder Erschöpfung definiert, wie von Überarbeitung oder längerem geistigen Druck. Meyer nannte es einfach Grabenschock und nahm zur Kenntnis, daß Sokolin im Sommer 1956 aus der Klinik entlassen worden war, als geeignet, wieder in der menschlichen Gesellschaft zu leben.

Seinen Konflikt mit dem Gesetz hatte er erst fast zwei Jahre später, im März 1958. Er hatte zu jener Zeit als Verkäufer für eine Farbengesellschaft in San Franzisko gearbeitet. Er war zu einer Verkäufertagung nach dem Osten gekommen und hatte in einer kleinen Bar mit einem Fremden zu trinken begonnen. Irgendwann im Laufe des Abends hatte sich das Gespräch dem Koreakrieg zugewandt. Der Fremde hatte zugegeben, daß er dienstuntauglich und recht froh darüber gewesen war. Durch diese Untauglichkeit, einen leichten Herzfehler, hatte er phantastische Fortschritte in seiner Firma machen können, während andere Männer seines Alters draußen im Kampfe standen.

Sokolin hatte auf das Geständnis des Mannes zuerst mit leicht betrunkener Feierlichkeit, die an Rührseligkeit grenzte, reagiert. Einer seiner besten Freunde, so berichtete er dem Fremden, war in Korea gefallen, weil ein anderer Soldat nicht seine Pflicht getan hatte. Der Fremde zeigte Mitgefühl, aber seine Sympathie mußte Sokolin hohl und unaufrichtig geklungen haben. Bevor der Fremde ganz begriff, was vorging, verfluchte und beschimpfte Sokolin ihn als einen Deserteur und Drückeberger und »auch so einen Hundesohn, der seine Pflicht nicht tat, obgleich er sie kannte«. Der Fremde versuchte, sich zurückzuziehen, aber Sokolins Zorn stieg ganz unvernünftig, bis er schließlich einen Bierkrug an der Kante der Bar zerschlug und mit dem Scherben in der Faust auf den Fremden losging.

Er tötete den überraschten Dienstuntauglichen nicht, aber er richtete ihn ziemlich übel zu. Und vielleicht wäre diese Attacke nur als tätlicher Angriff zweiten Grades betrachtet worden, hätte Sokolin ihn nicht mit sechs Worten begleitet, die laut und deutlich in Gegenwart eines halben Dutzends Zeugen an der Bar gesprochen wurden.

Diese Worte lauteten: »Ich bringe dich um, du Schweinehund!«

Und damit stieg der Angriff in die verdünnte Atmosphäre, umschrieben: »mit der Absicht, ein menschliches Wesen zu töten«; die Anklage lautete auf tätlichen Angriff ersten Grades, und die Höchststrafe für Verletzung des Paragraphen 240 des Strafgesetzes waren zehn Jahre Gefängnis, gegenüber der Höchststrafe von fünf Jahren für das Verbrechen zweiten Grades.

Sokolin war recht gut davongekommen. Er war Kriegsteilnehmer, und dies war sein erstes Vergehen. Nichtsdestoweniger handelte es sich um tätlichen Angriff ersten Grades, und der Richter konnte ihn nicht mit einer Buße und einem väterlichen Kopfstreicheln davonkommen lassen. Er wurde schuldig befunden und zu zwei Jahren Gefängnis in Castleview verurteilt. Er war ein idealer Gefangener gewesen. Er hatte nach einem Jahr um Bewährung nachgesucht, und die Bewährung war ihm zugesagt worden, sobald dem Ausschuß eine feste Stellung für ihn angeboten würde. Er war vor zwei Monaten – am 3. April – aus Castleview entlassen worden.

Meyer Meyer zog das Telefon heran und wählte Carellas Privatnummer. Carella meldete sich beim dritten Läuten.

»Ich habe dieses Zeug bekommen, das du über Sokolin haben wolltest«, sagte Meyer. »Ist der Streifenmann wegen des Briefes schon gekommen?«

»Etwa vor einer halben Stunde«, sagte Carella.

»Na, er ist bis jetzt noch nicht zurück. Du gehst um zwölf Uhr fort, ja?«

»Eigentlich ungefähr um ein Uhr.«

»Wo kann ich dich erreichen, wenn das Laboratorium etwas schickt?«

»Die Hochzeit ist um drei Uhr in der Kirche vom Heiligen Herzen an der Kreuzung von Gage und Ash in Riverhead. Das Fest beginnt um fünf Uhr im Hause meiner Eltern. Es findet im Freien statt.«

»Wie ist die Anschrift dort?«

»831 Charles Avenue.«

»Okay. Möchtest du dies Zeug über Sokolin wissen?«

»Sage es mir.«

Meyer berichtete ihm.

Als er fertig war, sagte Carella: »Also ist er jetzt auf Bewährung, ja? Ging er nach Kalifornien zurück mit einer festen Stellung?«

»Nein, Steve, das habe ich nicht gesagt.«

»Wo ist er dann?«

»Genau hier in der Stadt. Das Stellenangebot kam von hier.«

3

Gegen ein Uhr dreißig an diesem strahlenden Sonntagnachmittag war Antonio Carella bereit, seine Frau zu erschießen, seinen Sohn zu erwürgen, seine Tochter zu enterben und die ganze verdammte Hochzeit abzusagen.

Um damit zu beginnen, Tony bezahlte die Hochzeit. Dies war das erste Mal – und Gott sei Dank auch das letzte Mal –, daß eine Tochter von ihm heiratete. Als Steve seine Teddy geheiratet hatte, waren es ihre Eltern gewesen, die für die Festlichkeiten bezahlt hatten. Nicht so diesmal. Diesmal mußte Tony bluten, und er entdeckte, daß die Hochzeit ihn, bei mäßiger Schätzung, etwa die Hälfte dessen kosten würde, was er in einem ganzen Jahr in seiner Bäckerei verdiente.

Die größten Räuber – und er war fast geneigt, Steve zu bitten, die Gauner zu verhaften – waren die Leute, die sich Hochzeitsfestlichkeiten-GmbH nannten. Sie waren um neun Uhr vormittags in der Charles Avenue erschienen (nachdem Tony die ganze Nacht in der Bäckerei gestanden hatte, um seine Brote zum Sonntagmorgen zu backen) und gingen jetzt daran, den Carellaschen Garten in eine Wüstenei zu verwandeln. Das Haus der Carellas in Riverhead war tatsächlich nur klein, aber das Grundstück, auf dem es stand, war wahrscheinlich das größte der ganzen Straße und erstreckte sich hinter dem Hause in einem langen Rechteck fast bis zum nächsten Block. Tony war sehr stolz darauf. Sein Garten konnte sich eines Weinstocks rühmen, der sich mit jedem in seiner Heimatstadt Marsala messen durfte. Er hatte auch Feigenbäume gepflanzt und pflegte sie mit liebender Sorgfalt, verschnitt sie im Sommer und wickelte sie im Winter in Segeltuch ein. Und jetzt trampelten diese Gauner, diese Briganten mit ihren Tischen, ihren lächerlichen Flaggen und Blumenzelten über seinen Rasen und ...

»Louisa!« hatte er nach seiner Frau geschrien. »Warum, zum Teufel, konnten wir nicht einen Saal mieten? Warum, zum Teufel, müssen wir eine Hochzeit im Freien haben! Ein Saal war gut genug für mich und gut genug für dich und gut genug für meinen Sohn, aber Angela muß eine Hochzeit im Freien haben! Und so können diese Gauner meinen Rasen aufreißen und meine Trauben und meine Feigen ruinieren! *Pazzo! E proprio pazzo!*«

»Sei ruhig«, sagte Louisa Carella freundlich. »Du wirst das ganze Haus aufwecken.«

»Das ganze Haus ist schon wach!« sagte Tony. »Außerdem ist niemand im ganzen Hause außer mir, dir und Angela, und die heiratet heute und schläft sowieso nicht!«

»Die Lieferanten werden dich hören«, sagte Louisa.

»Für das Geld, das ich ihnen zahle, sollen sie mich ruhig hören«, erwiderte Tony; knurrend war er aus dem Bett aufgestanden und in den Garten hinuntergegangen, um das Aufstellen der Tische zu beaufsichtigen, den Bau der Hochzeitslauben, des Podiums für die Kapelle und des Tanzbodens. Die Lieferanten, entdeckte er, waren sehr phantasievolle Leute. Nicht nur verwandelten sie seinen Garten in eine Hollywood-Kulisse für den Film »Der Brautvater« (wobei sie mich, Antonio Carella, zum Star machen, dachte er säuerlich), sondern sie bauten auch eine zwölf Fuß hohe Meermaid auf, aus Eis modelliert, sie ruhte auf einer gleichfalls aus Eis modellierten Wanne, die die Champagnerflaschen für die durstigen Gäste enthalten sollte. Tony betete zu Gott, daß die Sonne nicht zu stark scheinen möge. Er stellte sich vor, wie die Nixe in die Wanne hinunterschmolz und der Champagner allmählich schmeckte wie lauwarmes Ingwerbier.

Um ein Uhr kamen sein Sohn und seine Schwiegertochter. Nun war Steve ein Junge, auf den sich Tony gewöhnlich verlassen konnte. Bevor Steve in die Armee gegangen war, pflegte er nachts in der Bäckerei zu arbeiten, selbst als er tagsüber das College besuchte. Steve war ein Junge, dem man trauen konnte. Aber heute – *San Giacino di California!* – hatte selbst Steve sich gegen ihn gewandt. Gerade heute, wo diese räuberische Hochzeitsfeste-GmbH seinen Rasen aufriß, wo Angela herumlief wie ein kopfloses Hühnchen, wo die Welt Antonio Carellas langsam um ihn zusammenbrach, da kam sein eigener, echter Sohn Steve mit drei zusätzlichen Gästen ins Haus! Nicht daß Tony die Extrakosten scheute. Nein, das machte ihm gar nichts aus. Aber man würde dieser GmbH erklären müssen, daß drei Personen mehr da sein würden und daß man sie an verschiedene Tische zu placieren habe. Darauf bestand Steve. Nein, er wollte nicht mit seinen Freunden zusammensitzen. Er wünschte, daß der eine hier saß und der andere dort und er selbst an noch einem anderen Tisch. *Pazzo!* Sein eigener Sohn, so verrückt wie all die andern!

Und der lange Kerl, der Rotkopf mit der weißen Strähne im Haar – *sangue della maruzza!* Der konnte alle Brautjungfern von Riverhead erschrecken. Und Tony war sicher, daß er unter dem Rock des Rotkopfs einen Revolver gesehen hatte, als der sich bückte, um seinen Schuh zuzubinden. Einen großen schwarzen Revolver, der aus einem Schulterhalfter herausguckte. Alles gut und schön, daß sein Sohn ein Cop war, aber mußten seine Freunde Waffen zu einer friedlichen, christlichen Hochzeit mitbringen?

Und dann hatte Angela angefangen. Um ein Uhr fünfzehn, genau eine Stunde und fünfundvierzig Minuten vor der Trauung, hatte sie angefangen zu weinen, als ob die Hölle sie verschlingen wollte. Louisa war angelaufen gekommen und hatte die Hände gerungen.

»Steve«, sagte sie, »geh zu ihr hinauf. Sag ihr, daß alles gutgehen wird, ja? Geh. Geh zu deiner Schwester.«

Tony hatte seinen Sohn nach oben gehen sehen. Das Klagen aus dem Schlafzimmer im ersten Stock hatte noch nicht aufgehört. Tony saß bei seiner Schwiegertochter Teddy – *com' é grande,* dachte er, *povre Theodora!* – und den drei Fremden, Mr. Hawes, Mr. Kling und Miss Maxwell, trank Wein und war bereit, seine Frau zu erschießen, seinen Sohn zu erwürgen, seine Tochter zu enterben und die ganze verdammte Hochzeit abzusagen!

Er schäumte und wütete innerlich, bis Teddy seine Hand streichelte. Da lächelte er ihr zu, nickte, faltete seine Hände auf dem Bauch und hoffte zu Gott, daß alles gut ausgehen würde und daß er, Antonio Carella, den Tag doch noch überleben würde.

Carella stand im Korridor vor Angelas Schlafzimmer und hörte seine Schwester schluchzen. Er klopfte leise an und wartete dann.

»Wer ist da?« fragte Angela mit schwankender Stimme.

»Ich. Steve.«

»Was willst du?«

»Los, Slip, mach mir auf.«

»Geh weg.«

»Mich kannst du nicht wegjagen. Ich bin ein Polizeibeamter, der einen Fall von Ruhestörung untersucht.« Er war nicht ganz sicher, aber er glaubte, seine Schwester ein Lachen ersticken zu hören. »Slip?« fragte er.

»Was?«

»Muß ich die Tür eintreten?«

»Ach, wart einen Moment«, rief Angela. Er hörte Schritte sich der Tür nähern. Der Riegel wurde zurückgezogen, aber Angela machte ihm nicht die Tür auf. Er hörte, wie ihre Schritte sich ent=fernten und dann wie die Federn quietschten, als sie sich aufs Bett warf. Er öffnete die Tür und trat ins Zimmer. Angela lag in voller Länge ausgestreckt auf dem Bett, das Gesicht im Kopfkissen ver=graben. Sie trug einen weißen Unterzug, und das braune Haar fiel ihr wirr über die Schultern. Das Unterkleid war hochgerutscht und enthüllte einen blauen Hüftgürtel über ihrem Nylonschlüpfer.

»Zieh dein Kleid herunter«, sagte Carella. »Man kann deinen Popo sehen.«

»Es ist kein Kleid«, sagte Angela schmollend. »Es ist ein Unter=zug. Und wer hat dich gebeten, hinzusehen?« Aber sie zog den Rock doch sofort über die Knie hinunter.

Carella setzte sich auf den Bettrand. »Was hast du für Kum=mer?«

»Keinen Kummer.« Sie schwieg. »Überhaupt keinen Kummer.« Und dann setzte sie sich plötzlich auf und wandte die braunen Augen dem Bruder zu, überraschend orientalische Augen in einem Gesicht mit hohen Backenknochen. Das Gesicht war eine Ver=feinerung von Carellas eigenem, sehr hübsch, mit einem exotischen Anflug, der von Besuchen der Araber auf der Insel Sizilien in weit entfernter Vergangenheit sprach. »Ich will ihn nicht heiraten«, sagte sie. Sie machte eine Pause. »Das ist der Kummer.«

»Warum nicht?«

»Ich liebe ihn nicht.«

»Ach, Schiet«, sagte Carella.

»Ich mag solche Worte nicht, Steve, du weißt das. Ich konnte sie nie ausstehen, selbst als wir noch Kinder waren. Du gebrauchtest sie absichtlich, nur um mich zu ärgern. Und du nanntest mich Slip.«

»Du hast mit dem Slip angefangen«, sagte Carella.

»Nein«, erwiderte Angela. »Du warst es. Weil du gemein und verdorben bist.«

»Ich habe dir nur die Wahrheit gesagt«, erwiderte Carella.

»Es ist nicht nett, einem dreizehnjährigen Mädel zu erzählen, daß sie nicht wirklich ein Mädchen ist, weil sie noch baumwollene Unterwäsche trägt.«

»Ich half dir nur auf dem Weg zur Reife. Du batest dann Mama, dir ein paar Nylonslips zu kaufen, nicht wahr?«

»Ja, und sie lehnte es ab.«

»Es war ein Schritt in der richtigen Richtung.«

»Du hast mir damit einen Minderwertigkeitskomplex verpaßt.«

»Ich gab dir Einblick in die geheimnisvollen Wege der Weiblichkeit.«

»Ach, Schiet«, sagte Angela, und Carella lachte laut.

»Es ist nicht komisch. Ich will ihn nicht heiraten. Ich liebe ihn kein bißchen. Er ist ein noch schlimmerer Lümmel als du. Und er flucht noch mehr. Und außerdem ...« Sie brach ab. »Steve, ich habe Angst. Ich weiß nicht, was ich machen soll. Ich hab solche Angst.«

»Hör auf«, sagte er, »hör auf«, nahm seine Schwester in die Arme, streichelte ihr Haar und sagte: »Du brauchst vor nichts Angst zu haben.«

»Steve, er hat Menschen getötet, weißt du das?«

»Das habe ich auch.«

»Ich weiß, aber ... wir werden heute nacht allein sein in einem der größten Hotels der Welt ... hier in dieser Stadt ... und ich kenne den Mann nicht einmal, den ich heiraten soll. Wie kann ich es zulassen, daß er ... daß er ...«

»Hast du mit Mama gesprochen, Slip?«

»Ja, ich sprach mit Mama.«

»Und was sagte sie?«

»Sie sagte, lieben heißt: nichts fürchten. Ich übersetze es frei aus dem Italienischen.«

»Sie hat recht.«

»Ich weiß, aber ... ich bin nicht sicher, daß ich ihn liebe.«

»An meinem Hochzeitstag fühlte ich genauso.«

»Aber du hattest nicht dieses ganze Theater mit der Kirche.«

»Ich weiß. Aber eine Feier gab es auch. Es war genauso nervenzerrüttend.«

»Steve ... erinnerst du dich, eines Abends ... ich war Sechzehn, glaube ich. Du warst erst kurze Zeit bei der Polizei. Entsinnst du dich? Ich war gerade von einer Verabredung gekommen, und ich saß in diesem Zimmer und trank ein Glas Milch, ehe ich schlafen ging. Du mußt Abenddienst gehabt haben, denn es war ziemlich spät, und du kamst gerade nach Hause. Du kamst hier herein und trankst Milch mit mir. Erinnerst du dich?«

»Ja. Ich erinnere mich.«

»Das Licht beim alten Birnbaum drüben brannte. Wir konnten es durch das Fenster dort sehen.«

Er blickte durch das Fenster und über die lange Strecke von seines Vaters hinterem Garten zu dem Giebelhaus, das Joseph Birnbaum gehörte, seines Vaters engstem Freund und Nachbarn seit vierzig Jahren. Er konnte sich an jene Frühlingsnacht deutlich erinnern, an das Summen der Insekten im Garten, das einsame Licht, das in Birnbaums Dachzimmer brannte, den dünnen gelben Halbmond, der kühl über dem steil abfallenden Dach des Hauses hing.

»Ich erzählte dir, was mir an jenem Abend passiert war«, sagte Angela. »Von ... von dem Jungen, mit dem ich verabredet war, und ... was er mit mir versuchte.«

»Ja, ich erinnere mich.«

»Ich habe Mama nie davon erzählt«, sagte Angela. »Du bist der einzige, dem ich es je erzählte. Und ich fragte dich, ob das ... jedesmal passierte, ob ich das von allen Jungens erwarten müßte, mit denen ich mich verabredete. Ich wollte wissen, was ich machen sollte, wie ich mich benehmen sollte. Entsinnst du dich, was du mir sagtest?«

»Ja«, sagte Carella.

»Du sagtest, ich sollte das tun, was ich als richtig empfinde. Du sagtest, ich würde wissen, was richtig sei.« Sie machte eine Pause. »Steve ... ich habe nie ...«

»Kleines, soll ich Mama holen?«

»Nein, ich möchte mit dir reden. Steve, ich weiß nicht, was ich heute nacht tun soll. Ich weiß, das ist furchtbar albern, ich bin dreiundzwanzig Jahre alt, ich sollte wissen, was ich zu tun habe, aber ich weiß es nicht, und ich habe Angst, er wird mich gar nicht mehr lieben, er wird enttäuscht sein, er wird ...«

»Scht, scht«, sagte er. »Hör auf jetzt. Was willst du denn?«

»Ich will, daß du mir Bescheid sagst.«

Er sah ihr in die Augen, nahm ihre Hände und sagte: »Das kann ich nicht tun, Slip.«

»Warum nicht?«

»Weil du kein Baby in baumwollenen Unterröcken mehr bist und weil du kein kleines Mädchen bist, das plötzlich von dem ersten Kuß überrascht wird. Du bist eine Frau, Angela. Und es gibt keinen Mann auf Erden, der einer Frau Instruktionen über Liebe geben könnte. Ich glaube nicht, daß du sie brauchen wirst, Kleines. Ich glaube, du wirst sie wirklich nicht brauchen.«

»Du denkst, es wird ... alles gutgehen?«

»Ich glaube, es wird schön sein. Aber ich glaube auch, du solltest dich jetzt lieber anziehen, sonst wirst du deine eigene Hochzeit versäumen.«

Angela nickte düster.

»Hör auf«, sagte er. »Du wirst die verdammt hübscheste Braut sein, die es je in dieser Gegend gegeben hat.« Er zog sie an sich, stand dann auf und ging zur Tür.

»War . . . war Teddy ängstlich?« fragte Angela.

»Ich werde dir noch einen kleinen brüderlichen Rat geben«, sagte Carella. »Ich werde dir nicht erzählen, ob Teddy ängstlich war oder verblüfft oder unschuldig oder was sonst immer. Ich werde es dir nicht erzählen, weil die Ehe eine private Angelegenheit ist, Angela, mehr auf Vertrauen gegründet als irgend etwas sonst. Und was auch immer zwischen dir und Tommy geschieht – heute abend oder später –, du und er werden die einzigen zwei Menschen sein, die je darum wissen. Und das ist eines der erschreckenden Dinge an der Ehe . . . aber es ist auch ganz verdammt beruhigend.« Er kehrte zum Bett zurück, nahm noch einmal ihre Hände und sagte: »Angela, du brauchst dir keine Sorgen zu machen. Er liebt dich so, daß er zittert. Er liebt dich, Kleines. Er ist ein guter Mensch. Du hast gut gewählt.«

»Ich liebe ihn auch, Steve. Wirklich. Nur . . .«

»Nur nichts. Was, zum Teufel, willst du? Eine schriftliche Garantie, daß das Leben eine Schüssel voll Kirschen ist? Also, das ist es nicht. Aber du hast einen klaren Start, und du kannst deine Reise selbst bestimmen. Und Kleines, du startest mit einer der besten Zutaten.« Er grinste. »Dir kann nichts schiefgehen.«

»Okay«, sagte sie und nickte nachdrücklich.

»Du wirst dich jetzt anziehen?«

»Ja.«

»Gut.«

»Okay«, sagte sie noch einmal nachdrücklicher. Sie machte eine Pause. »Aber ich glaube doch, es ist gemein von dir, daß du mir nicht wenigstens *einen* Wink gibst!«

»Ich bin nicht gemein. Ich bin ein liebevoller Bruder.«

»Ich fühle mich besser, Steve. Danke.«

»Wofür? Zieh dich an. Dein blauer Gürtel ist übrigens sehr hübsch.«

»Scher dich zum Teufel«, sagte sie, und er schloß lächelnd die Tür hinter sich.

Der Bursche hieß Ben Darcy.

Er war sechsundzwanzig Jahre alt, hatte strahlend blaue Augen und ein gewinnendes Grinsen. Er trug einen blauen Mohairanzug; mit langen Schritten kam er über den Rasen und blieb vor der hinteren Veranda stehen, wo Tony Carella mit seinen Gästen saß.

»Hallo, Mr. Carella«, sagte er. »Allerlei los hier. Sind Sie aufgeregt?«

»Diese Lieferanten«, erwiderte Tony und sah auf den Rasen hinaus, wo sich weißes Tischtuch meilenweit zu erstrecken schien. »Sie sind früh dran, Ben. Das Fest fängt erst um fünf an.«

»Aber die Trauung ist um drei. Sie denken doch nicht, ich würde Angelas Trauung versäumen, nicht wahr?«

»Ich denke, vielleicht wird sie selbst sie versäumen«, sagte Tony. »Sie kennen meine Schwiegertochter Teddy? Das ist Ben Darcy.«

»Ich glaube, ich habe Sie schon einmal getroffen, Mrs. Carella«, sagte Ben. Teddy nickte. Ihr Rücken schmerzte sie. Sie hätte gern um einen geraden Stuhl gebeten, aber sie wußte, Tony hatte ihr den bequemsten Sessel auf der Veranda zugeschoben, und sie wollte ihn nicht kränken.

»Und dies sind ein paar Freunde meines Sohnes«, stellte Tony vor. »Miss Maxwell, Mr. Hawes und Mr. Kling. Ben Darcy.«

»Nennen Sie mich einfach Ben«, sagte Ben und schüttelte allen die Hand. »Ich kenne die Carellas so lange, daß ich mich wie zur Familie gehörig fühle. Gibt es etwas, wobei ich Ihnen helfen könnte, Mr. Carella?«

»Nichts. Bleiben Sie den Leuten nur aus dem Wege. Dafür, daß sie diese Tische und alles dieses Zeug aufstellen, machen sie mich zum armen Mann.« Er wiegte verzweifelt den Kopf.

»Er ist der reichste Mann im Block«, sagte Ben grinsend. »Jeder in der Gegend weiß das.«

»Sicher, sicher«, sagte Tony.

»Als wir Kinder waren, gab er uns immer Brötchen umsonst an der Hintertür seiner Bäckerei. Aber dann fing er an, geizig zu werden. Keine Brötchen mehr.« Ben zuckte die Achseln.

»Es war hier die reine Suppenküche der Heilsarmee«, erklärte

Tony. »Ich rechnete eines Tages aus, daß ich in der Woche fünfhundert Brötchen umsonst an Kinder weggab, die an die Hintertür kamen! Ich merkte auch, daß die Eltern die Kinder herschickten, um Tony Carella das Blut auszusaugen. Keine Brötchen mehr! Absolut nicht! Bar Kasse! Kein Kredit in meiner Bäckerei!«

»Er gibt noch immer Brötchen weg«, sagte Ben mit Wärme. »Man braucht nur eine rührende Geschichte, und Tony Carella fängt an zu weinen. Wenn die Geschichte gut genug ist, würde er einem den ganzen verdammten Bäckerladen schenken.«

»Natürlich, natürlich. Ich bin die Rockefeller-Stiftung. Ich betreibe das Geschäft nur meiner Gesundheit wegen.«

Ben nickte grinsend. Dann fragte er lässig: »Sind die Herren auch in der Bäckerei tätig?«

Kling, der schon antworten wollte, sah vorher Hawes an. Wie er da in der Sonne saß, sein rotes Haar flammend, die weiße Strähne stark abstechend gegen das leuchtende Rot, glich Hawes niemand weniger als einem Bäcker. Er fing Klings Blick auf und sagte: »Nein, wir sind keine Bäcker.«

»So, so«, sagte Ben. »Sie sind Freunde von Steve, nicht wahr?«

»Ja.«

»Sind Sie Polizisten?«

»Wir?« fragte Hawes. Er lachte überzeugend. »Zum Teufel, nein.«

Teddy und Christine sahen neugierig zu ihm hin, aber sie verrieten keine Verblüffung.

»Wir sind Theateragenten«, log Hawes schamlos. »Firma Hawes und Kling, vielleicht haben Sie von uns gehört.«

»Nein, tut mir leid.«

»Ja«, sagte Hawes. »Miss Maxwell gehört zu unsern Klienten. Dieses Mädchen wird eines Tages ein großer Star sein.«

»Ach wirklich?« fragte Ben. »In welchem Fach sind Sie, Miss Maxwell?«

»Ich ...«, begann Christine und hielt dann inne.

»Sie ist exotische Tänzerin«, ergänzte Hawes, und Christine schoß ihm einen bösen Blick zu.

»Exotische?« fragte Ben.

»Sie ist Strip=Tänzerin«, erklärte Hawes. »Wir wollten Mr. Carella überreden, Christine aus dem Hochzeitskuchen heraustanzen zu lassen, aber er hielt es für keine so gute Idee.«

Tony Carella lachte. Ben Darcy sah nicht überzeugt aus.

»Hawes und Kling«, wiederholte Hawes. »Wenn Sie je an der Bühne interessiert sind, läuten Sie uns an.«

»Gern«, sagte Ben. »Aber ich glaube nicht, daß ich mich jemals für das Theaterfach interessieren werde. Ich studiere, um Zahnarzt zu werden.«

»Das ist ein edler Beruf«, sagte Hawes. »Aber ihm fehlt der Glanz der Bühnenwelt.«

»Oh, Zähne können ganz aufregend sein«, erwiderte Ben.

»Sicherlich«, antwortete Hawes, »aber was kann sich mit dem Fieber einer Premiere vergleichen? Nichts! Es gibt kein schöneres Geschäft als die Bühne.«

»Vermutlich haben Sie recht«, sagte Ben, »aber ich bin froh, daß ich Zahnmedizin studiere. Ich stelle mir vor, daß ich später in die wissenschaftliche Arbeit übergehe.« Er machte eine Pause. »Es war Angela, die mich zuerst davon überzeugte, daß ich einen Beruf ergreifen müßte, wissen Sie.«

»Das wußte ich nicht«, sagte Hawes.

»O ja. Ich war dauernd mit ihr verabredet. Verabredet? Zum Teufel, ich fing an, sie auszuführen, als sie Siebzehn war, und mir scheint, ich kampierte die nächsten fünf Jahre hier auf der Türschwelle der Carellas. Meinen Sie nicht auch, Mr. Carella?«

»Ja, er war eine Landplage«, stimmte Tony zu.

»Sie ist ein wundervolles Mädchen«, sagte Ben. »Tommy hat großes Glück. Es gibt nicht viele Mädchen wie Angela Carella in der Gegend.«

Die Tür hinter Ben fiel geräuschvoll zu. Er wandte sich abrupt um. Steve Carella kam auf die Veranda hinaus.

Sein Vater blickte auf. »Ist sie wieder in Ordnung?« fragte er.

»In Ordnung«, sagte Carella.

»Mädels«, bemerkte Tony mysteriös und schüttelte den Kopf.

»Hallo Ben«, sagte Carella. »Wie geht es dir?«

»Ausgezeichnet, danke. Und dir?«

»So, so. Du bist etwas früh dran, nicht wahr?«

»Wahrscheinlich. Ich war gerade auf einem Spaziergang, da dachte ich, ich würde bei euch vorbeikommen und sehen, ob ich nicht helfen könnte. Geht es Angela gut?«

»Es geht ihr ausgezeichnet.«

»Bei Tommy scheint auch alles okay zu sein. Die Limousine steht schon dort.«

»Ach?«

»Ja. Ich sah sie in Tommys Auffahrt, als ich dort vorbeiging.«

»Gut. Dann sollte ich jetzt lieber gehen.« Er sah auf seine Uhr. »Liebling, Bert und ich werden mit Tommy fahren. Du hast doch nichts dagegen, nicht wahr?«

Teddy sah zu ihm auf. Er konnte augenblicklich jede Nuance ihres beweglichen Gesichtes deuten. Da sie von Geburt an der Sprache beraubt war, war ihr Gesicht zum Mittel des Ausdrucks geworden, so daß ihre Meinung augenblicklich durch Augen und Lippen übertragen wurde. Er hatte Mißvergnügen über seine Ankündigung erwartet, aber als er jetzt in ihr Gesicht blickte, sah er nur Verwirrung und merkte, sie hatte ihn nicht »gehört«. Da er hinter ihr stand, während er sprach, konnte sie nicht von seinen Lippen lesen. Jetzt kniete er neben ihren Sessel.

»Bert und ich werden in Tommys Wagen zur Kirche fahren. Ist dir das recht?«

Ihr Gesicht zeigte noch immer kein Mißfallen. Die Verwunderung darauf blieb, und allmählich erschien ein leiser Argwohn in ihren Augen. Im gleichen Moment wußte er, daß er seine Frau nicht hatte täuschen können. Er hatte ihr nicht von dem Zwischenfall mit der »Schwarzen Witwe« berichtet, aber Teddy Carella – in ihrer Welt des Schweigens – hatte bereits begriffen, daß etwas nicht stimmte. Die Anwesenheit von Hawes und Kling war keine gesellschaftliche Höflichkeit. Sie waren als Polizisten hier, nicht als Hochzeitsgäste. Sie nickte und hob dann den Kopf, um ihn zu küssen.

»Wir treffen uns in der Kirche«, sagte er. »Fühlst du dich wohl?«

Sie nickte wieder. Der Rücken schmerzte sie fürchterlich, aber sie spürte, daß ihr Mann jetzt wichtigere Dinge im Kopf hatte als ihre Schwangerschaftsbeschwerden. Plötzlich lächelte sie strahlend. Carella drückte ihr die Hand.

»Komm, Bert«, sagte er.

4

Eine schwarze Cadillac-Limousine parkte in der Auffahrt an der fensterlosen Seite des Giordano-Hauses, als Carella und Kling ankamen. Der Wagen stand weit zurück von der Straße, am Ende des Betonstreifens, dicht bei der Garage. Der Fahrer war nirgendwo in Sicht.

Als sie zu der vorderen Veranda hinaufgingen, sagte Kling: »Ich halte es für einen Witz, Steve. Ich glaube, wir machen eine Masse Trubel um nichts.«

»Na, vielleicht«, antwortete Carella und drückte die Türklingel. »Trotzdem schadet es nichts, vorsichtig zu sein, nicht wahr?«

»Vermutlich nicht. Ich habe jedenfalls das Gefühl, daß Cotton mit seiner Blondine lieber anderswo wäre.« Er schwieg. »Aber ... das ist nun mal Glückssache.«

»Nicht wahr?« sagte Carella, und Tommy öffnete die Tür.

»Hallo Steve! Kommt herein. Ich bin gerade beim Anziehen. Weißt du, wie man eine Schleife bindet? Ich habe es eine halbe Stunde lang versucht und kann es nicht fertigkriegen. Kommt herein.« Er sah neugierig auf Kling.

»Bert Kling«, stellte Carella vor, »Tommy Giordano, mein zukünftiger Schwager. Bert gehört zu meinem Squad, Tommy.«

»Ach! Ach, ja. Kommt herein. Ich komme mir wegen dieser ganzen Geschichte ziemlich albern vor, Steve. Ich glaube, es war ein Ulk.«

Kling suchte Carellas Blick. »Nun, Ulk oder nicht«, sagte Carella, »Bert und noch ein Freund von mir werden bei der Trauung und bei der Feier dabeisein.«

»Ich bin dir dafür dankbar, Steve«, sagte Tommy, »aber wenn ich es mir überlege, bin ich ziemlich sicher, es war ein Scherz. Kommt mit ins Schlafzimmer, ja?«

Sie folgten ihm durch das Haus. Im Schlafzimmer nahm Tommy eine weiße Schleife vom Ankleidetisch und reichte sie Carella. »Hier«, sagte er, »sieh zu, was du mit diesem verdammten Ding anfangen kannst, ja?«

Er stellte sich vor Carella hin, hob das Kinn, und Carella fing an, mit der Schleife zu manipulieren.

»Ich habe Sokolin überprüft«, sagte Carella.

»Ja?«

»Ich möchte dich nicht beunruhigen ... aber er ist hier in der Stadt. Kam im April aus dem Gefängnis.«

»Oh!«

»Denkst du noch immer, es ist ein Scherz?«

»Meine Güte, ich weiß nicht. Meinst du, ein Mensch würde so lange böse sein? Wegen etwas, was in Korea passierte? Oder richtiger, was überhaupt nicht passierte ...?«

»Waren Sie in Korea?« fragte Kling interessiert.

»Ja. Sie auch?«

»Ja.«

»Armee?«

»Ja.«

»Ich war bei den Funkern«, sagte Tommy. »Mit dem zehnten Armeekorps bei den Landungen in Inchon.«

»Ich war bei der Befreiung von Seoul«, sagte Kling. »Mit dem neunten Korps.«

»Unter General Walker?«

»Ja.«

»Verdammt, wir nahmen bei Seoul mit dem ersten und neunten Verbindung auf«, rief Tommy. »Jesus, ich möchte wetten, wir waren uns zum Greifen nahe.«

»Sie waren auf der Fahrt zum Yalu?«

»Natürlich.«

»Na sowas!« meinte Kling. »Die Welt ist wirklich klein.«

»Und Sie sind jetzt bei der Polizei, ja?«

»Ja. Und was machen Sie?«

»Ich arbeite in einer Bank«, sagte Tommy. »Ich bilde mich zum Geschäftsführer aus.« Er zuckte die Achseln. »Es ist nicht das, was ich wirklich sein möchte.«

»Und was möchten Sie gern sein?«

»Ich würde gern Ansager beim Baseball sein. Ich war als Junge ein ganz guter Catcher. Ich kenne das Spiel durch und durch. Fragen Sie Jonesy, wenn er wiederkommt.« Er wandte sich zu Carella. »Du hast ihn nicht zufällig unten gesehen, nein?«

»Wen?« fragte Carella. »So, deine Schleife ist gebunden.«

»Jonesy. Meinen Brautführer. Mein bester *Freund* außerdem. Er ging vor etwa einer halben Stunde nach unten, sagte, er brauche etwas frische Luft.«

»War er im Frack?«

»Ja.«

»Habe niemand gesehen, der für eine Hochzeit angezogen war. Du Bert?«

»Nein.«

»Na, er wird zurückkommen«, sagte Tommy. »Jesus, ich hoffe nur, er hat den Ring. Wie spät ist es?«

»Zwei Uhr. Du hast noch eine ganze Stunde. Beruhige dich.«

»Also, ich sollte etwas früher dort sein, weißt du. Ich muß nach hinten in die Sakristei. Ich darf die Braut nicht sehen, ehe sie durch das Kirchenschiff kommt. Deine Mutter ist wirklich wunderlich.«

»Wieso?«

»Nicht daß ich mich beklage. Sie wird wahrscheinlich eine ausgezeichnete Schwiegermutter sein. Aber ich rief vor einem Weilchen an, und sie wollte mich nicht einmal mit Angela sprechen lassen. Das geht ein bißchen weit, meinst du nicht?«

»Angela war beim Anziehen«, sagte Carella.

»Ja?« Tommys Augen leuchteten. »Wie sieht sie aus? Wunderschön, möchte ich wetten.«

»Wunderschön.«

»Ja, das wußte ich. War sie nervös?«

»Sehr.«

»Ich bin es auch. Möchtest du etwas Kaffee?«

»Nein, danke.«

»Einen kleinen Drink?«

»Nein. Möchtest du etwas über Sokolin hören?«

»Sokolin? Wer ist —? Ach, natürlich. Natürlich.« Tommy zupfte an seinem Frack. »Sieh mal, ich bin ganz fertig. Wie sehe ich aus? Habe ich mich scharf genug rasiert?«

»Du hast dich scharf genug rasiert.«

»Ich werde mich am Abend wahrscheinlich noch einmal rasieren müssen. Ich habe einen starken Bart. Ihr blonden Burschen seid glücklich dran, Bert. Sehe ich gut aus, Steve? Sitzt die Schleife gerade?«

»Die Schleife sitzt gerade.«

»Gut. Dann bin ich zum Aufbruch bereit. Meinst du nicht, wir sollten jetzt gehen? Es ist zwei Uhr durch, nicht wahr?«

»Ich glaube, du solltest noch etwas tun, ehe du gehst«, sagte Carella.

»Ja? Was denn?«

»Die Hosen anziehen.«

Tommy sah an seinen behaarten Beinen herab. »O Gott! Jesus! Junge, bin ich froh, daß du hier bist! Wie kann ein Mensch etwas vergessen, was er jeden Tag seines Lebens tut? Junge!« Er zog den Rock aus und nahm die schwarzen Hosen aus einem Spanner im Schrank. »Was ist mit Sokolin?«

»Er saß ein Jahr im Gefängnis wegen eines Streites über seinen toten Kumpel in Korea.«

»Das klingt nicht gerade angenehm.«

»Es klingt recht übel. Ich glaube nicht, daß er viel Liebe für dich im Herzen trägt.«

Es klopfte an der Vordertür. Tommy sah auf, ließ dann seine Hosenträger über die Schultern gleiten und sagte: »Steve, würdest du bitte aufmachen? Es ist wahrscheinlich Jonesy.«

Carella ging zur Vordertür und öffnete sie. Der Junge, der draußen stand, war ungefähr in Tommys Alter, sechsundzwanzig oder siebenundzwanzig Jahre alt. Er war so groß wie Carella, mit breiten Schultern und langen Beinen. Er trug das braune Haar kurz geschnitten. Seine grauen Augen waren blank vor Aufregung. Er sah sehr hübsch aus in seinem Frack und dem gestärkten weißen Hemd. Als er Carellas gleichen Aufzug bemerkte, streckte er ihm die Hand entgegen und sagte: »Hallo, Brautführer?«

»Nein, Verwandter«, erwiderte Carella und ergriff die ausgestreckte Hand. »Steve Carella. Bruder der Braut.«

»Sam Jones. Brautführer. Nennen Sie mich Jonesy.«

»Okay.«

»Wie fühlt sich unser Bräutigam?«

»Nervös.«

»Wer ist es nicht? Ich mußte etwas spazierengehen, sonst hätte ich ganz durchgedreht.« Sie gingen durch das Haus ins Schlafzimmer. »Bist du okay, Tommy?« fragte Jonesy.

»Mir geht es ausgezeichnet. Ich wollte ohne Hosen hier fortgehen, was sagst du dazu?«

»Ein Volltreffer«, sagte Jonesy.

»Du hast dir die Knie schmutzig gemacht«, bemerkte Tommy, als er die Hosen seines Brautführers besah.

»Was?« Jonesy folgte seinem Blick. »Ach, verdammt, das wußte ich. Ich stolperte auf der Vordertreppe, als ich hinausging. Verdammt!« Er begann heftig seine Hose zu bürsten.

»Hast du den Ring?«

»Jawohl.«

»Sieh nach.«

»Ich habe ihn.«

»Sieh trotzdem nach.«

Jonesy hörte auf, seine Hosen zu bürsten und steckte den Zeigefinger in die Westentasche. »Er ist da. Bereit zur Übergabe. Jones an Giordano.«

»Jonesy warf den Ball in unserer Mannschaft«, sagte Tommy. »Ich fing ihn auf. Aber das habe ich dir schon erzählt, nicht wahr?«

»Jones an Giordano«, sagte Jonesy noch einmal. »Er war ein verdammt guter Catcher.«

»Du hast die ganze Arbeit gemacht«, sagte Tommy und zupfte an seiner Schleife. »Ich bin fertig. Jetzt noch den Rock. Habe ich auch meine Schuhe an?« Er sah auf seine Füße hinab.

»So war er vor jedem Spiel«, sagte Jonesy grinsend. »Ich kenne diesen Burschen, seit er drei Jahre alt war. Würden Sie das glauben?«

»Man führte uns im Park zusammen spazieren«, sagte Tommy. »Jonesy versäumte Korea, weil er ein krankes Knie hat. Sonst wären wir dort auch zusammen gewesen.«

»Er ist der übelste Strolch, den die Erde je getragen hat«, sagte Jonesy neckend. »Ich weiß nicht, warum ich ihn so gern habe.«

»Alles Geschwätz«, sagte Tommy. »Wir haben gegenseitige Testamente gemacht, Steve, wußtest du das? Wir ließen sie aufsetzen, als ich aus der Armee kam. Birnbaums Sohn fertigte sie für uns aus. Birnbaum und seine Frau waren Zeugen. Erinnerst du dich, Jonesy?«

»Natürlich. Aber du solltest deines jetzt lieber ändern. In wenigen Stunden bist du ein Ehemann.«

»Das stimmt«, sagte Tommy.

»Was meinst du damit, gegenseitige Testamente?« fragte Carella.

»Unsere Testamente eben. Sie sind genau gleich. Jonesy bekommt alles, was ich besitze, wenn ich sterbe, und ich bekomme alles, was ihm gehört, wenn er stirbt.«

Jonesy zuckte die Achseln. »Du wirst das jetzt ändern müssen«, sagte er.

»Natürlich, das werde ich. Wenn wir aus den Flitterwochen zurückkommen. Aber ich habe das Testament niemals bereut. Du auch nicht?«

»Nein, mein Junge.«

»Birnbaum hielt uns für verrückt, entsinnst du dich. Wollte wissen, warum zwei so junge Burschen ihre Testamente machten. Seine Frau – Friede ihrer Asche – schnalzte die ganze Zeit mit der Zunge, während sie unterschrieb. Was ist übrigens aus diesem Anwalt, seinem Sohn, geworden?«

»Er lebt jetzt im Westen. In Denver oder so. Er hat dort eine große Praxis.«

»Armer Birnbaum. Ganz allein hier in der Stadt.« Tommy stand in Positur, bereit zur Inspektion. »Hosen an, Schleife gebunden, Schuhe geputzt. Bin ich jetzt okay?«

»Du siehst großartig aus«, sagte Jonesy.

»Dann wollen wir gehen. Hach, die Zigaretten.« Er griff ein Päckchen von der Kommode. »Hast du den Ring?«

»Ich habe ihn.«

»Sieh noch einmal nach.«

Jonesy sah noch einmal nach. »Er ist noch immer da.«

»Okay, dann wollen wir gehen. Wie spät ist es?«

»Zwei Uhr zwanzig«, sagte Carella.

»Schön. Wir werden ein bißchen zu früh da sein, aber das schadet nichts. Wir wollen gehen.«

Sie traten aus dem Haus. Tommy verschloß die Tür hinter sich und wandte sich dann nach links, zu der Auffahrt, an der hohe Pappeln standen, die eine Schutzwand gegen das nächste Haus bildeten. Die Männer schritten mit der ganzen Feierlichkeit einer Begräbnisgesellschaft zum Wagen.

»Wo ist der Fahrer?« fragte Tommy.

»Ich sagte ihm, er könnte eine Tasse Kaffee trinken gehen«, erwiderte Jonesy. »Er müßte jetzt eigentlich schon zurück sein.«

»Da kommt er ja«, sagte Kling.

Sie sahen den Fahrer die Straße heraufkommen. Er war ein kleiner Mann, der die schwarze Uniform und Schirmmütze einer Taxigesellschaft trug. »Fertig zur Abfahrt?« fragte er.

»Wir sind fertig«, sagte Tommy. »Wo waren Sie?«

»Nur die Straße hinauf, eine Tasse Kaffee trinken.« Der Fahrer sah gekränkt aus. »Ihr Brautführer sagte mir, das ginge in Ordnung.«

»Okay, okay, fahren wir los«, sagte Tommy. Sie stiegen in die Limousine. Der Chauffeur fing an, auf die Straße hinauszufahren.

»Warten Sie einen Moment«, rief Tommy. Der Fahrer drehte sich um. »Was ist das?«

»Was?«

»Dort. In der Auffahrt. Woher wir eben kamen.«

»Ich sehe nichts.«

»Hast du den Ring, Jonesy?«

Jonesy fühlte in seine Tasche. »Ja, ich habe ihn.«

»Okay. Mir schien, ich sah etwas auf dem Beton glitzern. Okay, fahren wir los, fahren wir los.«

Der Fahrer fuhr rückwärts aus der Auffahrt und bog auf die Straße ein.

»Beruhige dich«, sagte Jonesy.

»Junge, ich wünschte, ich könnte es.«

Die Limousine bewegte sich langsam die von Bäumen gesäumte Straße entlang. Die Sonne schien an einem hellblauen Himmel. Es war ein wundervoller Tag.

»Können Sie nicht schneller fahren?« fragte Tommy.

»Wir haben eine Masse Zeit«, sagte der Fahrer.

Er stoppte an einer Kreuzung auf der Höhe einer langen Steigung. Geduldig wartete er darauf, daß das Licht wechselte.

»Am Fuß der Steigung wenden Sie nach links«, sagte Tommy. »Die Kirche liegt links.«

»Ich weiß.«

»Ach, verdammt«, rief Jonesy plötzlich.

»Was ist los?«

»Zigaretten! Ich habe die Zigaretten vergessen.«

»Ich habe ja welche«, sagte Tommy.

»Ich brauche aber meine eigene Sorte.« Er öffnete die Tür an seiner Seite. »Ich werde mir welche an dem Kiosk drüben holen. Fahr ohne mich weiter, ehe du explodierst. Ich komme zu Fuß den Berg herunter.« Er warf die Tür hinter sich zu und wandte sich dem Bürgersteig zu.

»Geh nur nicht verloren!« rief Tommy lebhaft hinter ihm her.

»Keine Sorge.« Er verschwand in dem Kiosk an der Ecke.

»Es ist grünes Licht«, sagte Tommy. »Fahren Sie zu.«

Der Chauffeur schaltete den Gang ein und startete den Hügel hinab. Es war ein langer, steiler Abhang, den nur die eine Straße durchschnitt. Sie lief in scharfer Neigung auf eine zweite Straße am Ende zu, wo eine Steinmauer eine schroffe Klippe von zer=klüftetem Fels sicherte. Die Steinmauer war zur Warnung für Kraftfahrer mit schwarzen und gelben Streifen angestrichen. Als weitere Vorsichtsmaßnahme blinzelte ein riesiges Blinklicht »Ach=tung« genau in der Mitte der Mauer. Seit der Zeit, da die Kies=abfuhr im Gebiet hinter der Mauer den steilen Abhang und das nackte Gestein hinterlassen hatte, war nur ein einziger Kraftfahrer durch die Mauer gefahren und in den Abgrund gestürzt. Der Tod trat augenblicklich ein, und man erfuhr später, daß der Mann be=trunken gewesen war; aber der Unfall hatte genügt, um für den schwarz=gelben Anstrich und das Blinklicht zu sorgen.

Die Limousine gewann Geschwindigkeit, als sie sich dem Ende der Steigung und der bemalten Steinmauer näherte.

»Das ist eine üble Kurve an dieser Ecke«, sagte Tommy. »Seien Sie vorsichtig.«

»Mister, ich fahre seit zwanzig Jahren«, erwiderte der Chauffeur. »Ich habe bis jetzt noch keine Trauung versäumt, und ich habe auch noch keinen Unfall gehabt.«

»Tja, aber es ist eine steile Klippe hinter dieser Mauer. Ein Bursche ist hier umgekommen.«

»Ich kenne die ganze Geschichte. Keine Sorge, Sie werden nicht umkommen. Wenn Sie fünfzehn Jahre so verheiratet sind wie ich, werden Sie vielleicht wünschen, daß Sie an Ihrem Hochzeitstag wirklich einen Unfall gehabt hätten.«

Das Auto eilte dem Fuß des Hügels und der Kurve zu. Das War=nungssignal blinkte unermüdlich. Der Fahrer packte das Steuer mit zwei massigen Fäusten und drehte es scharf nach links.

Es gab ein gewaltig krachendes Geräusch, das den ganzen Wa=gen erschütterte.

Der Wagen drehte sich nicht nach links.

Mit etwas wie Furcht in der Stimme sagte der Fahrer: »Jesus, er läßt sich nicht steuern!«

5

Die Passanten außerhalb des Wagens sahen nur ein Fahrzeug, das völlig außer Kontrolle geraten war, wobei die Vorderräder in entgegengesetzte Richtungen zeigten, während die Limousine auf den Bürgersteig, die Steinmauer und die Klippe dahinter zuschleuderte.

Die Passagiere im Wagen bemerkten nur, daß der Fahrer aus irgendeinem Grunde die Limousine nicht steuern konnte. Mit einem letzten verzweifelten Versuch drehte er das Steuerrad zuerst nach rechts und dann nach links, wobei sein Fuß automatisch auf die Bremse trat. Der Wagen schwang kreischend in einem Bogen auf den Bürgersteig zu, die Hinterräder sprangen über den Bordstein, das hintere Ende schwang gegen die Mauer und Klippe.

»Seht euch vor!« schrie Carella, und die Männer im Wagen warteten gespannt auf den Schock des Zusammenpralls, waren überrascht, als er nicht so stark war, wie sie erwartet hatten, verblüfft, daß irgend etwas den mächtigen Bruch durch die Mauer verhindert hatte, noch verblüffter, als sie merkten: das Etwas war ein Laternenpfahl.

Der Wagen prallte von dem unnachgiebigen Stahlpfosten zurück, beschrieb einen zweiten wilden Bogen, sprang auf die Vorderräder, schwankte dann auf die Hinterräder und hielt ganz still, als die Bremsen vollständig und endgültig faßten.

Die Männer im Auto schwiegen.

Der Fahrer sprach zuerst.

Er sagte nur: »Donnerwetter!«

Einer nach dem andern kletterten sie aus dem Wagen. Kling hatte sich den Kopf am Verdeck gestoßen, aber sonst war niemand verletzt. Dem Wagen selbst war es schlimmer ergangen. Die ganze rechte Seite war eingedrückt, wo die Limousine mit dem Laternenpfahl kollidiert hatte. Es sammelte sich eine Menschenmenge auf dem Bürgersteig. Ein Polizist bahnte sich den Weg durch sie zum Wagen. Der Fahrer des Cadillacs begann mit ihm zu sprechen, erklärte ihm, was geschehen war.

Carella ging zu dem Laternenpfahl und streichelte ihn. »Wir alle könnten auf die Knie sinken und diesen Schatz küssen«, sagte er. »Wenn der uns nicht aufgehalten hätte —« Er blickte über die Mauer hinunter und wischte sich dann die Stirn.

»Was, zum Teufel, meinst du, ist eigentlich passiert?« fragte Kling.

»Ich weiß es nicht«, sagte Carella. »Komm mit.«

Gemeinsam gingen sie dorthin, wo der Chauffeur und der Polizist auf Händen und Knien vor dem Wagen hockten.

Sie warteten.

»Natürlich«, sagte der Fahrer zu dem Polizisten. »Das ist es.«

»Tja«, sagte der Polizist. »Junge, du hast ein Glück gehabt, daß du auf den Laternenpfahl gestoßen bist. Hier ist einmal ein Bursche umgekommen, weißt du das?«

»Was ist los?« fragte Carella.

»Das Steuergelenk«, sagte der Chauffeur. »Da ist eine Steuersäule darunter, die mit den Verbindungsgelenken zusammenhängt. Na, und das auf der rechten Seite brach. Und ohne diese Verbindungsstange hatte ich keine Gewalt über den Wagen.«

»Es sieht noch nach etwas anderem aus«, sagte der Polizist.

»Wonach sieht es aus?« fragte Carella.

»Es sieht so aus, als ob jemand mit einer Säge an dem Ding gearbeitet hätte.«

Um drei Uhr nachmittags traten Tommy Giordano und sein Brautführer aus der Sakristei der Kirche vom Heiligen Herzen zum Altar. Mit lautem Bühnenflüstern fragte Tommy: »Hast du auch den Ring?« und Jonesy nickte beruhigend.

Angela Carella, in strahlendem Weiß, betrat die Kirche am Arm ihres Vaters. Ihr Gesicht hinter dem weißen Schleier war in lieblichem Schrecken erstarrt.

Auf der einen Seite der Kirche, bei der Familie der Braut, saßen Steve und Teddy Carella und Bert Kling. Auf der anderen Seite, bei den Verwandten des Bräutigams, saßen Cotton Hawes und Christine Maxwell. Orgelmusik füllte die riesigen Steingewölbe der Kirche. Ein Fotograf, der Angela geknipst hatte, als sie aus dem Cadillac stieg, knipste sie wieder, als sie die Stufen zur Kirche emporstieg, und wieder, als sie das Kirchenschiff entlangschritt, hüpfte jetzt mit der Behendigkeit eines Kobolds nach vorn in die Kirche, begierig sie zu fotografieren, während sie sich dem Altar näherte. Tommys Hände verkrampften sich. Louisa Carella fing an zu weinen. Teddy langte hinüber, um ihrer Schwiegermutter die Hand zu streicheln, griff dann selbst nach dem Taschentuch und putzte sich die Nase, um die Tränen zu verbergen.

»Sie sieht wundervoll aus«, sagte Louisa, und Teddy nickte mit überquellenden Augen.

Die Orgelmusik schwoll an und übertönte das Geräusch der Freudentränen und die bewundernden Ohs und Ahs, die das langsame Fortschreiten der Braut durch das Kirchenschiff begleiteten. Die Blitzlichter des Fotografen flammten auf. Tony Carella, der mit seinem Arm die zitternde Hand der Tochter stützte, schritt mit der Würde eines Monarchen, der zu seiner Krönung schreitet, das Kirchenschiff hinab, überzeugt davon, daß niemand in den Kirchenbänken das Zucken seines linken Auges bemerkte.

In der ersten Bank, auf der Seite der Braut, saß Steve Carella neben seiner Frau und nagte an der Unterlippe.

Jemand sägte dieses Steuergelenk durch, dachte er. *Das war kein Witz mit einer verdammten »Schwarzen Witwe«. Das war ernst gemeint.*

Angela stieg die Stufen zum Altar hinauf. Tommy lächelte sie an, sie erwiderte das Lächeln und senkte dann die Lider hinter dem mattweißen Schleier.

Und wer da gesägt hat, kannte den steilen Berg und die scharfe Kurve genau. Wer immer es tat, sägte es vermutlich gerade so weit durch, daß es brechen mußte, sobald man die Kurve nehmen wollte.

Tony Carella übergab seine Tochter dem Schwiegersohn. Gemeinsam trat das Paar vor den Priester. Die Kirche war feierlich still.

Tommy sah etwas in der Auffahrt glitzern, als wir hinausfuhren, dachte Carella. *Wahrscheinlich Metallspäne von dem ange=*

sägten Gelenk. Die Stange ist dünn. Zehn Minuten mit einer Säge könnten da sehr gut genügen. Und Sam Jones ist eine halbe Stunde spazierengegangen. Und Sam Jones hatte schmutzige Knie. Und es war Sam Jones, der dem Chauffeur die Erlaubnis gab, eine Tasse Kaffee trinken zu gehen.

Der Priester sprach ein Gebet und segnete dann das Paar mit Weihwasser. Tommy schwitzte ausgiebig. Angelas Lippen hinter dem weißen Schleier zitterten.

»Willst du, Thomas Giordano«, sprach der Priester, »diese Frau als dein rechtmäßig verheiratetes Weib zu dir nehmen, damit ihr im Stande der heiligen Ehe lebt? Willst du sie lieben, ehren und halten, wie ein treuer Mann verpflichtet ist zu tun, in Gesundheit und Krankheit, in guten und bösen Tagen, und an ihr allein festhalten, bis daß der Tod euch scheidet?«

Tommy schluckte hart. »Ja«, sagte er.

»Willst du, Angela Louisa Carella, diesen Mann zu deinem rechtmäßig verheirateten Gatten nehmen, damit ihr zusammen im Stande der heiligen Ehe lebt? Willst du ihn lieben, ehren und pflegen, wie es einer treuen Frau zukommt, in Gesundheit und Krankheit ...«

Und es war Sam Jones, dachte Carella, *der im rechten Augenblick aus dem Auto stieg, um ein Päckchen Zigaretten zu kaufen, gerade vor dem Bruch.*

»... in guten und bösen Tagen und an ihm allein festhalten, bis daß der Tod euch scheidet?«

»Ja«, flüsterte Angela.

Es ist auch Sam Jones, der Brautführer und beste Freund, der in Tommys Testament zum Erben bestimmt ist, der alles bekommt, was Tommy gehört, sollte Tommy sterben. Sam Jones.

»Da ihr nun beide der Eheschließung zugestimmt und das vor Gott und diesen Menschen hier bekannt habt, erkläre ich euch kraft der mir von der Katholischen Kirche verliehenen Gewalt und den Gesetzen dieses Staates als Mann und Frau.«

Der Priester schlug das Zeichen des Kreuzes über dem jungen Paar, und Louisa Carella, die neben Teddy saß, schluchzte plötz=

lich: »Jetzt habe ich noch eine verheiratete Tochter«, dann ergriff sie Teddys Hand und küßte sie rasch und heftig.

Tommy hob den Schleier seiner Braut und küßte sie flüchtig, in tiefer Verlegenheit. Die Orgel begann wieder zu spielen. Lächelnd, den Schleier bis zu dem weißen Kranz in ihrem Haar zurückgeschlagen, ergriff Angela Tommys Arm, und sie gingen durch das Kirchenschiff, wobei der Fotograf jeden Schritt ihres Vormarsches aufnahm.

In der Sakristei läutete jetzt das Telefon.

Eine Nonne hielt Steve Carella die Tür auf, als er in den kleinen Raum trat. Pater Paul, noch im Ornat, stand am Telefon. »Ich wußte, daß eine Hochzeit nötig sein würde, um dich in die Kirche zu bringen, Steve. Aber ich ahnte nicht, daß dich ein Anruf bis in die Sakristei führen würde.«

»Zwei Themen, über die ich nie diskutiere, sind Politik und Religion«, antwortete Carella. »Ist der Anruf vom Revier, Pater?«

»Ein Mann namens Meyer Meyer«, erwiderte Pater Paul.

»Danke«, sagte Carella und nahm dem Priester den Hörer ab. »Hallo, Meyer. Hier ist Steve.«

»Hallo, Junge. Was macht die Hochzeit?«

»Geht soweit gut. Das Band ist geknüpft.«

»Ich habe über diesen Sokolin etwas weiter nachgeforscht. Bist du noch daran interessiert?«

»Aber sehr.«

»Okay. Ich habe bei seinem Bewährungsbeamten rückgefragt. Er hat ein musterhaftes Leben geführt, arbeitete als Verkäufer in einem Warenhaus unten in der Stadt. Aber vor zwei Wochen zog er von Isola nach Riverhead. Ich habe seine Adresse, Steve. Nach dem Stadtplan sieht es so aus, als ob es nur elf Blocks vom Haus deines Vaters entfernt ist.«

Carella dachte einen Moment nach und sagte dann: »Meyer, willst du mir einen Gefallen tun? Wir hatten eben einen Unfall, der zum Himmel stinkt. Willst du einen Suchbefehl erlassen und diesen Mann festhalten? Ich würde mich verdammt viel sicherer fühlen.« Plötzlich erinnerte er sich, daß er in einer Sakristei war und sah Pater Paul betreten an.

»Aber sicher. Es ist hier sowieso etwas langweilig. Vielleicht gehe ich selbst.«

»Läßt du es mich wissen, wenn du ihn gefunden hast? Wir brechen eben jetzt zum Fotografen auf, aber ich werde in etwa einer Stunde im Hause meines Vaters sein. Dort kannst du mich erreichen.«

»In Ordnung. Gib der Braut einen Kuß von mir, ja?«

»Das werde ich tun. Nochmals vielen Dank, Meyer.« Er hängte ab.

Pater Paul sah ihn an und fragte: »Sorgen?«

»Nein. Nichts Ernstes.«

»Man hat mir von dem Autounfall erzählt«, sagte der Pater. »Ein ganz sonderbarer Zufall.«

»Ja.«

»Aber keine Sorgen?«

»Nein.«

»Selbst wenn der Unfall, um mit deinen Worten zu sprechen, zum Himmel stinkt?«

Carella lächelte. »Pater«, sagte er, »Sie haben mich in die Kirche bekommen, aber Sie werden mich nicht in den Beichtstuhl bekommen.« Er schüttelte dem Priester die Hand. »Es war eine wundervolle Zeremonie. Ich danke Ihnen, Pater.«

Draußen warteten die Limousinen.

Carella ging zu Kling hinüber, der bei Teddy stand.

»Das war Meyer«, sagte er. »Ich habe einen Suchbefehl gegen Sokolin erlassen. Ich glaube, das empfiehlt sich, nicht wahr?«

»Wahrscheinlich.«

Carella sah sich um. »Wo ist unser Freund Jonesy?«

»Er ist zum Haus zurückgefahren.«

»Oh.«

»Falls du denkst, was ich denke, mach dir keine Sorgen darüber. Cotton fuhr gleich hinter ihm.«

»Gut.« Carella nahm Teddys Arm. »Liebling, du siehst aus,

als ob du umfallen könntest. Komm. Steige in diesen hübschen luftgekühlten Cadillac.« Er hielt ihr die Tür auf. »Eines Tages«, sagte er, »wenn ich Polizeichef geworden bin, werde ich dir solch einen Wagen ganz für dich allein kaufen.«

Ben Darcy und Sam Jones sprachen mit den Angestellten der Hochzeitsfeste-GmbH, als Hawes und Christine in einem Taxi vorfuhren. Hawes bezahlte den Chauffeur und ging dann in den Garten des Carellaschen Hauses. Ein riesiges Holzgerüst befand sich in den letzten Stadien des Aufbaus, am fernen Ende des Gartens, kurz vor der Hecke, die den Besitz der Carellas von dem Birnbaums trennte.

Jonesy hörte auf zu sprechen, als er Christine Maxwell sah. In eisblauem Chiffon schwebte sie an Hawes' Arm über den Rasen, und Jonesy beobachtete ihren Gang durch das Gras mit ungenierter und offener Bewunderung. Als die beiden dicht genug heran waren, sagte er, seine Augen noch immer auf Christine: »Ich glaube nicht, daß wir uns schon kennen. Mein Name ist Sam Jones. Nennen Sie mich Jonesy.«

»Ich bin Cotton Hawes«, sagte Hawes. »Dies ist Christine Maxwell.«

»Erfreut, Sie kennenzulernen«, sagte Jonesy und ergriff Christines Hand. Verspätet setzte er hinzu: »Sie beide.«

»Was bedeutet dies monströse Bauwerk?« fragte Hawes und deutete auf das große Holzgestell.

»Für das Feuerwerk«, erklärte einer der Angestellten.

»Sieht aus wie die Abschußbasis für eine dreistufige Rakete«, kommentierte Hawes, der bemerkte, daß Jonesy so unauffällig wie eine Lichtreklame mit Christine äugelte, und dadurch leicht erbost war. »Wollen wir auf den Mond fahren?«

»Wir wollen nur ein paar Raketen abschießen«, erwiderte der Angestellte völlig ernsthaft.

»Wann soll das stattfinden?«

»Sobald es dunkel wird. Dies wird das tollste Hochzeitsfest sein, das dieses Viertel je erlebt hat, darauf können Sie wetten.«

»Angela verdient es«, sagte Darcy.

»Und Tommy auch«, fügte Jones hinzu und lächelte Christine an. »Haben Sie die Nixe schon gesehen, Miss Maxwell? Kommen Sie, ich werde sie Ihnen zeigen. Sie haben schon Massen von Champagner dort verstaut. Es ist faszinierend.«

»Also ...«, begann Christine und sah Hawes zögernd an.

»Ich bin überzeugt, Mr. Hawes hat nichts dagegen«, sagte Jonesy. »Kommen Sie nur.« Er nahm ihren Arm und führte sie dorthin, wo die Eisnixe auf der Seite lag, durch eine Markise vor der Sonne geschützt. Sie ruhte auf einer aus Eis geformten Wanne, in die man Dutzende von Champagnerflaschen gestellt hatte. Es sah wirklich aus, als ob dies eine ganz tolle Hochzeit werden sollte. Hawes beobachtete, wie Christine über den Rasen ging, und spürte eine wachsende Gereiztheit in sich. Es war eine Sache, jemand einen unangenehmen Gefallen zu tun und als Leibwache zu fungieren, aber es war eine andere Sache, wenn einem sein Mädchen vor den Augen weggeschnappt wurde.

»Was ist denn das?« sprach eine Stimme neben ihm. »Das Schlachtschiff *Missouri*?«

Hawes wandte sich um. Der Mann, der vor dem Feuerwerksgerüst stand, war klein und schmächtig, sein Kopf kahl mit Fransen weißer Haare. Seine blauen Augen zwinkerten lustig. Er studierte das Bauwerk, als ob es wirklich ein Wunder des wissenschaftlichen Zeitalters wäre.

»Ich bin Birnbaum«, sagte er. »Der Nachbar. Wer sind Sie?«

»Cotton Hawes.«

Sie schüttelten sich die Hand. »Das ist ein ungewöhnlicher Name«, sagte Birnbaum. »Sehr ungewöhnlich. Nach Cotton Mather? Dem puritanischen Priester?«

»Ja.«

»Ich selbst bin nicht religiös.«

»Ich auch nicht.«

»Kommen Sie von der Trauung?«

»Ja«, sagte Hawes.

»Ich auch. Es war das erstemal in meinem Leben, daß ich in

einer katholischen Kirche war. Ich will Ihnen etwas sagen, es ist alles Schwindel.«

»Was?«

»Daß die Mauern einstürzen würden, wenn ein Jude in die Kirche tritt. Ich bin hineingegangen und wieder hinausgegangen. Und die Mauern – Gott sei Dank – stehen noch immer. Stellen Sie sich vor, die Mauern wären umgefallen, während mein Liebling getraut wird. Eine fürchterliche Vorstellung! Mein Gott, ich würde mir lieber den rechten Arm abhauen. Sie sah reizend aus, nicht wahr?«

»Ja.«

»Ein schönes Mädchen, die Angela. Ich habe keine Tochter. Ich habe einen Sohn, der Anwalt ist. Jetzt wohnt er in Denver. Meine Frau, die arme Seele, ist vor drei Jahren verschieden. Ich stehe allein in der Welt. Birnbaum. Der Nachbar. Na, wenigstens bin ich ein Nachbar, nicht wahr?«

»Ein Nachbar ist eine sehr gute Sache«, sagte Hawes lächelnd, er mochte den kleinen Mann ungemein gern.

»Gewiß. Aber damit Sie nicht denken, ich bin ein Faulpelz, sollte ich Ihnen auch erzählen, daß ich ein Lebensmittelgeschäft habe, außer daß ich Nachbar bin. Birnbaums Lebensmittel. Gleich die Straße hinauf. Und ich wohne dort drüben. Sehen Sie das Haus? Ich bin seit vierzig Jahren hier, und glauben Sie mir, als ich herzog, dachten die Leute noch, Juden haben Hörner und Klauen. Na, die Zeiten ändern sich, nicht wahr? Das ist etwas Gutes, Gott sei Dank.« Er machte eine Pause. »Ich kenne beide Kinder seit ihrer Geburt. Tommy und Angela. Wie meine eigenen Kinder. Beide reizend. Ich liebe das kleine Mädchen. Ich hatte niemals selbst eine Tochter, verstehen Sie? Also Tony will Feuerwerk haben! Mein Gott, was das für eine Hochzeit werden wird! Ich hoffe nur, ich werde sie durchstehen. Gefällt Ihnen mein Smoking?«

»Er ist sehr hübsch«, sagte Hawes.

»Das mindeste, was ich tun konnte, war, einen Smoking zu leihen, wenn Tonys Tochter heiratet. Er sitzt ein bißchen knapp, meinen Sie nicht?«

»Nein, er sieht fein aus.«

»Nun, ich bin nicht mehr so schlank wie früher. Zu bequemes Leben. Ich habe jetzt zwei Gehilfen in meinem Laden. Es ist nicht leicht, mit den Selbstbedienungsläden Schritt zu halten. Aber ich komme durch. Durchkommen? Sehen Sie nur, wie dick ich werde. Was arbeiten Sie?«

»Ich bin Theateragent«, erwiderte Hawes, auf die frühere Erfindung zurückgreifend. Wenn jemand Tommy Giordano anzugreifen beabsichtigte, hielt er es nicht für klug, seinen wirklichen Beruf auszuposaunen.

»Das ist ein gutes Geschäft. Ist Miss Maxwell bei der Bühne?«

»Ja«, log er wiederum. »Sie ist Tänzerin.«

»Das dachte ich mir. Ein wunderschönes Mädchen. Aber ich habe eine Schwäche für Blondinen.« Er sah über den Rasen. »Wahrscheinlich hat Jonesy die nicht. Er hat sie allein gelassen.«

Hawes wandte sich um. Christine kam zu dem Gerüst für das Feuerwerk zurück. Allein. Jonesy war nirgendwo zu sehen. Plötzlich fiel ihm auf, daß auch Ben Darcy verschwunden war.

Ich bin ein feiner Cop, dachte Hawes. Ich stehe hier und schwatze mit einem Kaufmann, während die Jungens, die ich überwachen soll, sich in die Büsche schlagen.

»Du solltest einen Blick auf die Nixe werfen«, sagte Christine. »Sie sieht ganz reizend aus.«

»Wo ist deine Eskorte geblieben?« fragte Hawes.

Christine zuckte die Achseln. »Sagte, er müßte sich um etwas kümmern.« Sie schwieg. »Ich habe nicht weiter gefragt, ich hielt es nicht für damenhaft.« Sie machte wieder eine Pause. »Er ist ganz nett, meinst du nicht?«

»Reizend«, erwiderte Hawes und fragte sich, wohin Jonesy und Darcy gegangen sein könnten.

Und er hoffte, es wäre nicht zu weit fort.

6

Der Fotograf war nicht zu weit entfernt vom Haus der Carellas in Riverhead. Tatsächlich konnte ein recht langsamer Fahrer die Tour in weniger als fünf Minuten machen, wenn er bei jedem roten Licht am Wege hielt.

Der Fotograf hieß Jody Lewis, und das Schild über der Front seines Ladens lautete einfach Jody's, weil er sein Atelier nicht Lewis's oder Lewis' nennen wollte, da beide sicher irrtümlich nur als Lewis gelesen werden würden. Das Atelier war ein einfaches einstöckiges Ziegelgebäude mit einer Spiegelglasscheibe vorn, hinter der die früheren Bemühungen des Fotografen zur Schau gestellt waren. Quer über die Straße, etwa fünfundzwanzig Fuß vom Bürgersteig zurückgesetzt, stand ein einstöckiges Fachwerkhaus. Sechs Fenster dieses Hauses gingen auf die Straße. Aus einem Fenster im ersten Stock des Hauses war der Laden des Fotografen deutlich sichtbar.

An diesem Fenster stand ein Mann und spähte über die Straße nach dem Laden. Die Autos waren noch nicht gekommen. Das war gut. Das ließ ihm eine Menge Zeit zur Vorbereitung. Er steckte sich eine Zigarre an und ging dann durch das Zimmer zu der Stelle, wo das Gewehr an der Wand lehnte.

Es war eine Winchester Modell 70 Scheibenbüchse, die für alle Bedürfnisse des Schießens auf entfernte Ziele, nach der Scheibe und auf Kleinwild, entwickelt worden war.

Er nahm das Gewehr auf und betrachtete es, während der Zigarrenrauch an seinem Gesicht vorbeizog.

Ein Zielfernrohr war auf der Büchse montiert.

Der Mann trug das Gewehr zum Fenster und legte es auf die Brüstung. Er zielte auf die Tür von Jodys Laden, so daß das Fadenkreuz die Mitte des Eingangs deckte.

Dann lehnte er sich zurück, um zu warten. Die beiden Limousinen fuhren vor, als er kaum fünf Minuten gewartet hatte.

Er lud durch und entsicherte, legte das Gewehr wieder auf die Fensterbrüstung und zielte sorgfältig auf den Eingang zum Laden.

Einmal blickte er vom Teleskop auf, um sich zu vergewissern, welcher von den aussteigenden Männern Tommy Giordano war.

Dann wartete er wieder.

Tommy trat in die Ladentür.

Der Finger des Mannes am Fenster legte sich um den Abzug. Und dann zog Tommy seine Braut an sich, so daß sie den Rücken der Straße zuwandte, und küßte sie herzhaft. Der Finger am Abzug zögerte. Tommy zog seine junge Frau in den Laden. Der Moment war verpaßt.

Fluchend drückte der Schütze seine Zigarre aus und bereitete sich auf die Rückkehr der Gesellschaft aus dem Laden vor.

Jody Lewis war ein zwerghaft kleiner Mann, der so aussah, als sei er einer Trickkamera entsprungen. Während er mit unermüdlichem Eifer in seinem Atelier umherhüpfte, redete er pausenlos: »Dies sind die einzigen gestellten Bilder, die wir machen werden. Von der Braut und von dem Bräutigam. Dies ist eure Geschichte, die der Braut und des Bräutigams. Darum will ich keine gestellten Aufnahmen von dem Brautführer oder der Brautjungfer. Wer braucht sie denn? Dies ist eure Geschichte. Das wird auch auf dem Deckel des Albums stehen: ›Unser Hochzeitstag‹. Nicht der Hochzeitstag des Brautführers, sondern der des Bräutigams. Nicht der Hochzeitstag der Brautjungfer, sondern der Braut. Und alles, was ich hier im Atelier bei der guten Beleuchtung machen will, ist eine vollkommene Aufnahme der lieblichen Braut, Gott segne sie, und eine vollkommene Aufnahme des hübschen Bräutigams und eine von euch beiden zusammen. Das ist alles. Und dann gehen wir fort zur Feier. Aber macht Jody Lewis damit Schluß? Durchaus nicht. Ich werde jede Minute des Tages um euch sein und Bilder von euch machen, wann ihr es am wenigsten erwartet. Klick, klick, klick macht mein Apparat. Ein getreuer Bericht eures Hochzeitstages. Bis zum Hotel, bis zu einem Schnappschuß, wie Tommy die Braut über die Schwelle trägt und wie ihr eure Schuhe in den Korridor stellt. Und dann nach Hause und entwickeln und Abzüge machen, so daß ihr, wenn ihr von euren wundervollen Flitterwochen zurückkehrt, dieses wahrheitsgetreue Album mit dem Titel ›Unser Hochzeitstag‹ als ein Andenken für immer habt, als eine Erinnerung an Ereignisse, die ihr sonst vergessen könntet. Wer kann sich all der Kleinigkeiten entsinnen, die sich heute ereignet haben oder noch ereignen werden? Niemand hat ein solches Gedächtnis, außer einer Kamera. Und ich bin eine Kamera! Ich, Jody Lewis, vom Drama und Film des gleichen Namens. Nun setzt euch hierher, meine Kleinen. Ihr beide zusammen. So ist es richtig. Macht ein Gesicht, als ob ihr euch liebt, ich scherze natürlich, Gott allein weiß, ihr seid verrückt vor Liebe zueinander, so ist es richtig, ein wenig lächeln, Tommy, mein Gott, sieh nicht so ernst aus, das Mädchen liebt dich. So ist es besser. Nimm seine Hand, Angela. So ist es richtig, Mädchen, jetzt seht dort hinüber, nicht in die Kamera, dort, wo das Bild an der Wand hängt, so ist es recht, haltet still, klick! Das wird ein wunderschönes Bild werden. Nun drehe dich ein bißchen auf dem Sitz, Tommy, so ist es richtig, und lege deinen Arm um ihre Taille, ach, sie faßt sich hübsch an, lieber Freund, du brauchst nicht rot zu werden, du bist ja jetzt verheiratet, so ist es recht. Nun stillhalten, still . . .«

»Wie fühlst du dich, Teddy?« fragte Carella.

Leise berührte Teddy die Wölbung, die gleich unter ihren Brüsten begann, dann rollte sie die Augen gen Himmel und zog eine Trauermiene. »Es wird jetzt bald vorüber sein«, sagte er. »Möchtest du irgend etwas? Ein Glas Wasser oder sonst etwas?«

Teddy schüttelte den Kopf.

»Soll ich dir den Rücken massieren?«

Sie schüttelte wieder den Kopf.

»Weißt du, daß ich dich liebe?«

Teddy grinste und drückte ihm die Hand.

Die Frau, die die Tür in dem Privathaus in Riverhead öffnete, war hoch in den Fünfzigern und machte sich nichts daraus. Sie trug einen zerknitterten Morgenrock und abgetretene Hausschuhe. Das Haar hing ihr in matten Strähnen um den Kopf, als ob es der Direktive seiner Besitzerin gefolgt und den Kampf aufgegeben hatte.

»Was wünschen Sie?« fragte sie. Sie durchbohrte Meyer und O'Brien mit Augen, die wie aus grünem Achat geschnitzt waren.

»Wir suchen nach einem Mann, der Marty Sokolin heißt«, erwiderte Meyer geduldig. »Wohnt er hier?«

»Ja, und wer, zum Teufel, sind Sie?«

Geduldig zog Meyer seine Brieftasche heraus und öffnete sie, um zu zeigen, wo sein Schild an das Leder geheftet war. »Polizei«, sagte er.

Die Frau sah auf das Schild. »Schon gut, Herr Detektiv«, sagte sie. »Was hat Sokolin getan?«

»Nichts. Wir wollten ihm nur ein paar Fragen stellen.«

»Worüber?«

»Über das, was er vielleicht plant.«

»Er ist nicht hier«, sagte die Frau.

»Und wie heißen Sie, Madam?« fragte Meyer geduldig. Wenn es eine Eigenschaft gab, die Meyer besaß, so war es außerordentliche Geduld. Als orthodoxer Jude in einer vorwiegend andersgläubigen Nachbarschaft aufgewachsen, wurde er durch die Laune eines grillenhaften Vaters noch weiter gehandicapt, der es für einen guten Witz hielt, seinem Sohn einen sozusagen doppelläufigen Spitznamen zu geben. Der Familienname lautete Meyer. Und der alte Max Meyer beschloß, diesen Sprößling der Wechseljahre Meyer Meyer zu nennen, einfach um sich an den Mächten zu rächen, die unzeitige Geburten diktierten. Der alte Meyer leistete sich den Witz. Es war kein sehr guter Witz. Er legte dem Jungen regelrecht einen Mühlstein um den Hals. Zu behaupten, daß Meyer Meyers Kindheit nur eine endlose Runde von Faustkämpfen gewesen war, entweder durch seinen Namen oder durch seine Religion provoziert, hieße ihn vollständig unterschätzen. Denn verbunden mit den Faustkämpfen kam die langsame Entwicklung zum Diplomaten. Meyer lernte, daß er nur einige Schlachten mit seinen Fäusten gewinnen konnte. Die übrigen mußte er mit seiner Zunge gewinnen. Und so erwarb er eine Schutzschicht außerordentlicher Geduld, um damit die Narben des kleinen Scherzes seines Vaters zu verdecken. Geduldig lernte er sogar, dem alten Mann zu verzeihen, bevor er starb. Jetzt, im Alter von siebenunddreißig Jahren, war die einzige Narbe, die er einer überaus geplagten Jugend verdankte (oder, um genauer zu sein, die einzige sichtbare Narbe), eine Glatze, so kahl wie der Kopf des berühmten amerikanischen Adlers.

Geduldig wiederholte er: »Und wie heißen Sie, Madam?«

»Mary Murdoch. Was geht Sie das an?«

»Nichts«, erwiderte Meyer. Er sah O'Brien an. O'Brien trat einen Schritt zurück, als ob er sich bemühte, jedes nationale Band zu trennen, das ihn etwa mit dieser Frau verknüpfte. »Sie sagten, Mr. Sokolin sei nicht zu Hause. Dürfen wir fragen, wann er fortgegangen ist?«

»Heute früh am Morgen. Er nahm sein verdammtes Horn mit, Gott sei Dank.«

»Sein Horn?«

»Seine Trompete, seine Posaune, sein Saxophon, oder wie Sie das verdammte Ding nennen wollen. Er übt morgens und abends. So ein teuflisches Quietschen haben Sie nie gehört. Ich hätte ihm das Zimmer gar nicht vermietet, wenn ich gewußt hätte, er spielt Horn. Ich könnte ihn tatsächlich wieder rausschmeißen.«

»Sie mögen keine Leute, die das Horn blasen?«

»So können Sie es auch nennen«, sagte Mary Murdoch. »Mir kommt das Kotzen davon.«

»Das ist eine eigentümliche Art, es auszudrücken«, erwiderte Meyer und räusperte sich. »Woher wissen Sie, daß Sokolin mit seinem Horn gegangen ist?«

»Ich habe ihn gesehen. Er hat ein Futteral für das Ding. Einen schwarzen Kasten. Darin trägt er das verdammte Ding. Einen Kasten.«

»Für eine Trompete?«

»Oder für eine Posaune oder ein Saxophon, irgend so ein verdammtes Ding. Es macht jedenfalls einen höllischen Radau, was es nun auch ist.«

»Wie lange wohnt er schon hier, Miss Murdoch?«

»*Mrs.* Murdoch, bitte. Er wohnt seit zwei Wochen hier. Wenn er weiter auf diesem verdammten Saxophon bläst, wird er nicht mehr lange hier wohnen, das kann ich Ihnen sagen.«

»Ach, es ist ein Saxophon?«

»Oder eine Trompete oder eine Posaune oder irgend so ein verdammtes Ding«, sagte sie. »Hat er Schwierigkeiten mit der Polizei?«

»Nein, noch nicht. Haben Sie irgendeine Ahnung, wo er hingegangen ist?«

»Nein. Er hat es nicht gesagt. Ich sah ihn nur zufällig weggehen. Aber für gewöhnlich treibt er sich in einer Bar an der Avenue herum.«

»Welche Avenue ist das, Mrs. Murdoch?«

»Dover Plains Avenue. Jeder kennt die Avenue. Kennen Sie sie nicht?«

»Nein, wir sind hier nicht so bekannt . . .«

»Zwei Blocks runter und unter dem Hochbahnbogen. Dover Plains Avenue. Jeder kennt die Avenue. Er hockt in der Bar dort herum. Sie heißt ›Der bequeme Drachen‹, auch ein Name für eine Bar, nicht wahr? Es klingt mehr nach einem chinesischen Restaurant.« Mrs. Murdoch grinste so heiter wie ein Totenkopf.

»Sind Sie sicher, daß er dort ist?«

»Natürlich bin ich sicher.«

»Wie können Sie das so genau wissen?«

»Nennen wir es mal so«, erwiderte Mrs. Murdoch, »ich bin selbst nicht darüber erhaben, ab und an einen kleinen Schluck zu genehmigen.«

»Ich verstehe.«

»Darum bin ich noch keine Säuferin.«

»Ich weiß.«

»Also gut. Sind Sie fertig?«

»Wahrscheinlich. Vielleicht kommen wir auch noch einmal zurück.«

»Warum?«

»Es plaudert sich mit Ihnen so angenehm«, sagte Meyer, und Mrs. Murdoch schlug die Tür zu.

»Uff!« sagte O'Brien.

»Ein Glück, daß sie nicht geschossen hat«, erwiderte Meyer. »Wenn du dabei bist, erwarte ich immer Kugeln.«

»Vielleicht schießt sie, wenn wir zurückkommen. Falls wir zurückkommen.«

»Kann sein. Kneif den Daumen.«

»Wohin gehen wir jetzt?«

»Zum ›Bequemen Drachen‹«, antwortete Meyer, »wohin sonst?«

›Der bequeme Drachen‹ hieß aus keinem ersichtlichen Grunde so. Die Dekoration war nicht in chinesischem Stil. Es war auch nirgendwo ein Chinese in Sicht. ›Der bequeme Drachen‹ sah so aus wie jede Kneipe in einer Vorstadtgegend, bevölkert mit der üblichen Mischung von Sonntagnachmittagstrinkern. Meyer und O'Brien traten in das Lokal, gewöhnten ihre Augen an die Dämmerung nach dem strahlenden Sonnenschein draußen und gingen an die Bar.

Meyer zeigte sofort sein Abzeichen. Der Barmann studierte es sehr ungerührt. »Und?« fragte er.

»Wir suchen nach einem Burschen, der Marty Sokolin heißt. Kennen Sie ihn?«

»Und wenn?«

»Ja oder nein?«

»Ja. Und?«

»Ist er zur Zeit hier?«

»Wissen Sie denn nicht, wie er aussieht?«

»Nein. Ist er hier?«

»Nein. Was hat er getan?«

»Nichts. Erwarten Sie ihn heute?«

»Wer weiß? Er kommt und geht. Er wohnt erst seit kurzer Zeit hier in der Gegend. Was hat er getan?«

»Ich sagte es Ihnen ja, nichts.«

»Ist er ein bißchen verrückt?«

»Wie meinen Sie das?«

»Sie wissen schon. Kleine Macke.« Der Barmann tippte sich mit dem Zeigefinger an die Schläfe. »Vogel hier oben.«

»Warum glauben Sie, daß er verrückt ist?«

»Er hat so ein fanatisches Glitzern in den Augen. Besonders wenn er trinkt. Außerdem ist er ein großer Schweinehund. Ich würde niemals etwas mit ihm zu tun haben wollen. Dieser Kerl kaut Schienenbolzen und spuckt Reißstifte aus.« Er machte eine Pause. »Entschuldigen Sie die Phrase«, setzte er hinzu. Er sprach es Pfrase aus.

»Aber bitte. Wissen Sie zufällig, wo er gerade jetzt sein könnte?«

»Haben Sie es in seiner Wohnung versucht?«

»Ja.«

»Da ist er nicht, was?«

»Nein.«

»Was hat er angestellt?«

»Nichts. Falls Sie es wissen, würden Sie uns bitte sagen, wo er sein könnte?«

»Also ich weiß es nicht sicher. Haben Sie es schon bei seinem Mädel versucht?«

»Nein. Wer ist das?«

»Eine Dame namens Oona. Wie sie sonst noch heißt, weiß ich nicht. Nicht schlecht für einen Phantasienamen, was? Die sollten Sie sehen. Sie ist eine regelrechte Sexbombe. Paßt vollkommen zu einem Verrückten wie Sokolin.«

»Oona, ja? Und Sie wissen ihren Nachnamen nicht?«

»Ganz recht. Nur Oona. Sie würden sie aber nicht verfehlen, wenn Sie ihr begegnen. Es ist eine Blondine mit Brüsten wie Melonen.« Er machte eine Pause. »Entschuldigen Sie die Phrase«, setzte er hinzu.

»Bitte, bitte. Haben Sie eine Ahnung, wo sie wohnt?«

»Aber sicher.«

»Wo?«

»Hier die Straße hinauf. Da ist eine Pension an der Ecke. Sie ist hier auch neu. Wo sie wohnt, weiß ich nur, weil sie erwähnte, sie wäre in einem Hause, wo auch Essen serviert wird. Und das Haus an der Ecke ist das einzige, wo man auch essen kann. Ich meine, unter den Pensionen.«

»Ich verstehe«, sagte Meyer. »Können Sie sie uns ein bißchen vollständiger beschreiben?«

»Nun, wie ich sagte, sie hat diese ungeheuren Melonen, und sie hat einen Mund wie eine Falle und eine hübsche Nase und eisblaue Augen und Haar, blond wie ein Weizenfeld.« Er machte eine Pause und verfolgte seine Gleichnisse rückwärts, um zu prüfen, ob er sich wieder einer Phrase schuldig gemacht habe. Anscheinend befriedigt über seine Unschuld nickte er und setzte hinzu: »Falls Sie ihr begegnen, können Sie sich nicht täuschen.«

»Das ist sehr beruhigend«, sagte Meyer. »Ist sie heute hier gewesen?«

»Nein.«

»Hat Sokolin hier bei Ihnen jemals Horn gespielt?«

»Was gespielt?«

»Horn.«

»Nein. Also er spielt Horn, dieser Verrückte? Jungens, die Wunder hören doch niemals auf.«

»Wie heißt diese Pension? Wo man auch essen kann?«

»›Die grüne Ecke‹.« Er zuckte die Achseln. »Das Haus ist grün, und es steht an der Ecke. Hören Sie, wer kann sagen, warum Leute ihre Lokale so oder so nennen?«

»Gehört Ihnen dieses Lokal?« fragte Meyer.

»Ja.«

»Warum haben Sie es den ›Bequemen Drachen‹ genannt?«

»Ach, das war ein Mißverständnis. Der Maler des Schildes hat mich am Telefon falsch verstanden. Und nachdem die Schilder gemalt waren, dachte ich mir, warum die Mühe, alles so zu ändern, wie ich es ursprünglich haben wollte?« Er zuckte die Achseln. »Wissen Sie, die Leute irren sich so oft. Darum machen sie auch Radiergummi an die Bleistifte«, und er bremste sich selbst, ehe er eine Banalität äußern konnte.

»Also, los, Bob«, sagte Meyer. »Vielen Dank, Mister, daß Sie uns Ihre Zeit geopfert haben.«

»Hat nichts zu sagen. Meinen Sie, Sie werden sie kriegen?«

»Alles, was wir wünschen, ist *ihn* zu kriegen«, sagte Meyer.

Alles, was ich wünsche, dachte der Schütze, *ist, ihn zu kriegen.* Warum dauert das denn so lange da drin? Wie viele Aufnahmen müssen sie denn machen?

Er sah auf seine Uhr.

Sie waren schon seit vierzig Minuten in dem Atelier. Mußten sie denn nicht nach Hause zurück? Sollte nicht jeden Augenblick das Hochzeitsfest beginnen? Um Gottes willen, was hielt sie denn so lange auf?

Jetzt öffnete sich die Tür drüben.

Der Schütze spähte durch sein Zielfernrohr und ließ das Fadenkreuz genau auf die Tür wandern.

Er wartete.

Einer nach dem andern begann die Hochzeitsgesellschaft aus der offenen Ladentür zu strömen.

Wo, zum Teufel, war Tommy Giordano?

War er das . . .? Nein. Er war es nicht. Aber jetzt, da kommt die Braut . . . da, jetzt . . .

Tommy erschien im Eingang. Der Schütze hielt den Atem an.

Eins, zwei, . . . jetzt!

Er zog den Abzug durch, gab in rascher Folge zwei Schüsse ab.

Auf der Straße klangen die Schüsse wie die Auspuffgeräusche eines Autos. Carella, der schon im Wagen saß, hörte sie nicht einmal. Beide Kugeln schlugen gegen die Ziegelmauer links vom Torpfosten und prallten zurück in die Luft, wirkungslos. Tommy, der nichts gemerkt hatte, lief zum ersten Wagen und stieg mit seiner Braut ein. Der Schütze fluchte, als die Autos abfuhren.

Dann packte er sein Gewehr ein.

7

Am einen Ende von Tony Carellas Garten, dicht an der Grenzlinie zu Birnbaums Besitz und links von dem Feuerwerksgerüst, hatte die Hochzeitsfeste-GmbH das Podium für eine Kapelle aufgebaut. Mit weißem Fahnentuch behängt und mit Blumen geschmückt bildete es eine ideale Szenerie für die Ortskapelle, die Tony engagiert hatte. Die Kapelle nannte sich Sal-Martino-Orchester. Diese Kapelle — oder das »Orchester«, wie Sal es lieber nannte — bestand aus: einem Klavierspieler, einem Schlagzeuger, vier Saxophonisten (zwei Tenor und zwei Alt), zwei Trompetern (einem ersten und einem zweiten) und einem Posaunisten.

Tatsächlich wäre das Ensemble komplett gewesen — natürlich hätte die Rhythmusgruppe noch einen Bassisten gebrauchen können, aber warum mäklig sein —, es wäre komplett gewesen auch ohne den Posaunisten. Die Zwei-Mann-Blech-Gruppe in einer Acht-Mann-Kapelle (das heißt Orchester) war bestimmt genug Blech. Die erste Trompete führte die Blechgruppe, und die zweite Trompete besorgte die heißen Sachen und das Quietschen. Da die Kapelle (Verzeihung, das Orchester) eine vollständige Saxophongruppe hatte, deren Mitglieder zugleich Klarinette spielten, hätten die zwei Trompeten als ergänzendes Blech genügt. Eine Posaune wurde eigentlich nicht gebraucht.

Aber — Sal Martino blies die Posaune.

Er blies auch das Waldhorn, aber nie beruflich. Sein Waldhornblasen beschränkte er auf die Abgeschiedenheit seines Schlafzimmers. Ehrlich gesagt, war es gar nicht so schlecht, noch war er ein schlechter Posaunist. Nur daß ihn die Kapelle etwa so benötigte wie eine verminderte Quinte. Oder eine vermehrte Septime. Die Kapelle zog es vor, in ihren Akkorden schlicht und in Dur zu bleiben. Die Kapelle liebte ihre Akkorde simpel und kräftig. Eine verminderte None konnte ihre Proben für eine ganze Woche durcheinanderschmeißen. Schlichtheit war der Schlüssel zu Sal Martinos Orchester. Und Schlichtheit erforderte gewiß nicht einen Posaunisten in der Blechgruppe. Aber das sind Dirigentenlaunen.

Außerdem sah Sal Martino wie ein richtiger Profi aus, wenn er die Kapelle dirigierte. Er war ein Mann in den späten Zwanzigern, mit einem hohen Schopf schwarzen Haares und einem kleinen schwarzen Schnurrbart. Seine Augen waren blau und sehr seelenvoll. Er hatte breite Schultern und schmale Hüften und lange Beine, mit denen er ähnlich wie Elvis Presley agieren konnte, während er das Orchester führte. Manchmal dirigierte er mit der rechten Hand. Manchmal dirigierte er mit dem Ende seiner Posaune. Manchmal lächelte er einfach in die Menge und dirigierte überhaupt nicht. Auf welche Art er auch dirigierte, die Kapelle klang immer gleich.

Nämlich lausig.

Nun gut, nicht lausig. Aber ziemlich schlecht.

Sie klang besonders übel, wenn sie anstimmte, aber schließlich klingen alle Kapellen schlecht, wenn sie ihr A vom Klavierspieler bekommen. Um vier Uhr fünfundvierzig an diesem Nachmittag kam das Martino=Orchester in Fahrt und klang sehr ähnlich der Boston Pops Symphonie, minus Boston und minus Symphonie. Hawes, der von Natur musikalisch war, konnte kaum stillsitzen, als er diese Kakophonie hörte. Er fühlte sich auch leicht gestört durch die Tatsache, daß weder Sam Jones noch Ben Darcy irgendwo zu sehen waren. Tatsächlich wurde es immer schwieriger, überhaupt irgend jemand in dem Garten der Carellas ausfindig zu machen. Unmittelbar nach der Trauung war der Carellasche Haushalt überrannt worden von Hochzeitsgästen, die einander drückten und umarmten und küßten, als ob sie sich seit der letzten Hochzeit oder dem letzten Begräbnis nicht mehr gesehen hätten – was wahrscheinlich auch der Fall war. Das Schlafzimmer und das anschließende Badezimmer im Parterre des Hauses Carella waren für die weiblichen Gäste reserviert, eine ähnliche Einrichtung war oben für die Gentlemen getroffen worden. Sobald das ganze Umarmen und Küssen beendet war, trotteten die Frauen ins Schlafzimmer, um sich aufzufrischen, so daß ein ständiger Verkehr von dem Garten zu der hinteren Veranda, zum Schlafzimmer, zum Bad und wieder hinaus in Fluß war. Hawes wurde langsam etwas nervös. In diesem ganzen Meer von fremden Gesichtern sehnte er sich nur danach, die ihm ungefähr bekannten Gesichter von Darcy und Jones zu sehen, aber zur Zeit schien er sie beide vollständig verloren zu haben.

»Was ist los?« fragte ihn Christine.

»Ich wundere mich nur, wo Darcy und Jones geblieben sind.«

»Ach, die werden schon irgendwo hierherum stecken.«

»Ja. Aber wo?«

»Hast du es schon in der Herrentoilette versucht?«

»Nein.«

»Warum nicht?«

»Schön, ich gehe. Lach dir inzwischen keine fremden Männer an.«

»Na hör mal, Cotton, würde *ich* so was tun?«

»Ja.«

Er ging in das Haus. Eine Frau kam aus dem Schlafzimmer und sagte zu einer anderen: »Kannst du dir das vorstellen, bei jeder Hochzeit in den letzten fünf Jahren ist sie schwanger gewesen.«

»Sie hat eben Kinder gern«, antwortete ihre Freundin.

»Nicht das ist es, was sie gern hat«, sagte die andere Frau, und beide lachten sie hysterisch und stießen Hawes fast um, der auf dem Weg zur Treppe war.

»Oh, entschuldigen Sie«, sagte die erste Dame. Kichernd gingen beide aus dem Hause. Hawes stieg die Treppe nach oben. Das Schlafzimmer war voll mit nahen und entfernten Verwandten der Carellas und Giordanos. Ein langer, blauäugiger blonder Mann lehnte am Türpfosten und sagte: »Volles Haus, Mac.«

»Hm«, sagte Hawes. »Ich werde warten.«

»Was bleibt uns anderes übrig«, sagte der Blonde.

»Der Thunderbird ist kein Sportwagen«, bemerkte ein Mann in der Nähe zu seinem Freund. »Und auch die Corvette nicht. Ich kann dir etwas Neues erzählen, Charlie. Es gibt kein solches Wesen wie einen amerikanischen Sportwagen.«

»Nein? Warum nennt man sie dann Sportwagen?«

»Wie soll man sie denn nennen, vielleicht bewaffnete Tanks? Weißt du was?«

»Na was?« sagte Charlie.

»Wenn der Eigentümer eines wirklichen Sportwagens an einem amerikanischen Sportwagen auf der Straße vorbeikommt, dann winkt er nicht mal.«

»Na und?«

»Das ist das simpelste Zeichen der Höflichkeit, wie man an den Hut tippt, wenn man ein Weib trifft. Und das tun sie nicht, weil amerikanische Sportwagen eben keine Sportwagen sind. Sie werden auf der Straße als Wanzen betrachtet. Das ist eine Tatsache.«

»Aber was ist denn ein Sportwagen?« fragte Charlie.

»Ein MG oder ein Jaguar oder ein Talbot oder ein Alfa Romeo oder ein Farina oder ein Vignale oder ein Ghia oder . . .«

»Genug, genug«, sagte Charlie.

». . . oder ein Mercedes-Benz oder ein . . . «

»Genug«, sagte Charlie. »Ich bin hier raufgekommen, um auf die Toilette zu gehen, nicht um eine Lektion über ausländische Sportwagen zu hören.«

Die Tür zum Badezimmer öffnete sich. Ein schlanker Mann mit Brille kam heraus und zog seinen Reißverschluß hoch.

»Ist noch jemand drin?« fragte Hawes.

»Wo?«

»Im Badezimmer.«

»Nein«, erwiderte der bebrillte Mann. »Natürlich nicht. Wer sollte denn mit mir zusammen drin sein?« Er schwieg und fragte dann entrüstet: »Wer sind Sie eigentlich?«

»Inspektor vom Wasserwerk«, sagte Hawes. »Nur zur Überprüfung.«

»Ach so.« Der Mann schwieg. »Alles in Ordnung?«

»Ja, schön, danke.« Er ließ einen letzten Blick durch das Schlafzimmer wandern. Nein, kein Darcy oder Jones. Er wollte gerade wieder hinuntergehen, als ein Jubelgeschrei aus dem Garten aufstieg. Einen Moment lang dachte Hawes, die Hochzeitsfeste-GmbH sei auf eine Ölquelle gestoßen. Aber dann begriff er, worum es sich handelte.

»Sie sind da!« schrie jemand. »Sie sind da!«

Und in diesem Moment begann Sal Martins Orchester zu spielen: »Jetzt kommt die Braut.« Hawes ging gemeinsam mit allen anderen die Stufen hinunter. Frauen strömten aus dem unteren Schlafzimmer. Kinder kreischten und kicherten und liefen zu der hinteren Veranda, um einen Blick auf das eben angekommene Brautpaar zu erwischen. Seufzend schwor Hawes, daß er nie heiraten würde.

Als er schließlich aus der Veranda kam, fand er Christine im Gespräch mit Sam Jones.

»Ah«, sagte er, »das ist eine Überraschung. Wo sind Sie gewesen, Jonesy?«

»Warum? Hat mich jemand gesucht?«

»Nein, ich war nur neugierig.«

»Ach, ich bin nur so herumgestromert«, sagte Jonesy.

Hawes sah ihn skeptisch und forschend an. Sal Martinos Boys donnerten gerade zum drittenmal den Chor heraus »Jetzt kommt die Braut«. Die Musik wurde schwach und lahm, als der Klavierspieler die Modulation in eine andere Tonart versuchte. Da es ihm nicht gelang, zwinkerte er Martino hilflos an, der der Kapelle ein Eins-Zwei-Drei-Kommando gab und, wild seine Posaune schwenkend, mit ihr zu dem Schlager überging »Laß mich dich Sweetheart nennen«.

Der Zeremonienmeister, den die GmbH geliefert hatte, eilte über den Tanzboden und forderte Tommy auf, mit Angela zu tanzen. Er brauchte ihn nicht zu drängen.

»Der Brautführer!« rief der Zeremonienmeister. »Die Brautjungfer.«

»Entschuldigen Sie mich«, sagte Jonesy und eilte über das lange hölzerne Rechteck, das als Tanzboden hergerichtet worden war, umringt von den langen weißgedeckten Tischen. Er nahm die Brautjungfer in die Arme, und der Zeremonienmeister strahlte glücklich und begann dann Brautführer und Brautjungfern zu paaren; Tony und Louisa Carella, Steve und Teddy, und jeden sonst, den er im Frack oder Gesellschaftskleid sah. Die Kapelle ging zu der Melodie »Always« über, und der Zeremonienmeister strahlte noch mehr. Und dann nahm er Angela aus Tommys Griff und schob sie in Jonesys Arme und füllte die Lücke mit einer Brautjungfer aus, die Tommy mit leicht enttäuschtem Lächeln in Empfang nahm. Brautführer und Brautjungfern begannen die Partner zu wechseln. Bauch an Bauch wirbelten Tony Carella und seine Schwiegertochter über den Tanzboden. Louisa Carella fand sich in den Armen ihres Sohnes.

»Na?« sagte Carella, »bist du glücklich, Mami?«

»Ja. Es war eine wunderbare Zeremonie, Steve. Du hättest auch in der Kirche heiraten sollen.«

»Na, hör auf damit.«

»Schon gut, du großer Atheist.«

»Das bin ich gar nicht.«

»Aber du gehst nicht zur Kirche.«

»Ich habe sonntags zu arbeiten.«

»Nur manchmal.«

Die Kapelle war irgendwie erfolgreich in den »Jubiläumswalzer« übergegangen. Der Zeremonienmeister schwenkte die Arme und dirigierte die Leute auf den Tanzboden, und sie begannen ihn zu bevölkern, paarweise, und sich der Hochzeitsgesellschaft anzuschließen. Tommy deponierte die Brautjungfer höflich aber fest in Jonesys Arme und zog seine Braut an sich. Ein großes rothaariges Mädchen in einem grünen Seidenkleid, das ihr direkt auf den Leib gespritzt schien, ließ plötzlich ihren Partner los und rief: »Steve! Steve Carella!«

Carella wandte sich um. Die Stimme der Rothaarigen war nicht gerade das, was man lieblich nennen würde. Sie gellte über den Tanzboden mit der Energie einer Atomexplosion. Teddy Carella, die mit ihrem Schwiegervater tanzte, drehte sich zufällig gerade um, als die Rothaarige ihre Arme um Carellas Hals warf und ihm einen Kuß auf den Mund verpaßte.

Carella blinzelte.

»Steve«, rief die Rothaarige, »erinnerst du dich nicht an mich? Du erinnerst dich nicht an Faye?«

Carella schien eine kleine Gedächtnisschwierigkeit zu haben. Anscheinend hatte er auch Schwierigkeiten mit Faye selbst, die ihre Arme noch immer fest um seinen Nacken geschlungen hielt. Das grüne Seidenkleid, außer daß es ihr direkt an den Leib gespritzt schien, war auch noch vorn tief ausgeschnitten, sehr tief. Mit einem Blick über die Schulter des Mädchens sah Carella Teddy in den Armen seines Vaters herumwirbeln, und er sah, daß ihr Gesicht sich zu verdunkeln begann.

»Ich ... ich ...« stotterte er, »mir scheint nicht ...«

»In New Jersey?« erinnerte ihn das Mädchen. »Flemington? Die Hochzeit? Du entsinnst dich nicht? Ach, wie wir getanzt haben!«

Dunkel entsann sich Carella einer Hochzeit vor langen Jahren. Mein Gott, er mußte damals Achtzehn gewesen sein, und ja, da war ein Rotschopf, ein schlankes, vollbusiges Mädchen von Siebzehn, und, ja, er hatte die ganze Nacht mit ihr getanzt, und ja, ihr Name war Faye, und, o mein Gott!

»Hallo Faye«, sagte er matt.

»Los!« kommandierte Faye. »Tanze mit mir. Sie haben doch nichts dagegen, Mrs. Carella?«

»Nein«, sagte Louisa, »aber ...« Und sie warf einen ängstlichen Blick über den Tanzboden zu Teddy, die den Hals über die Schulter reckte, um die weitere Entwicklung zu beobachten.

Faye zog Carella an sich. Sie schlang den linken Arm um seinen Nacken, und Carella wurde von dem Duft ihres starken Parfums überwältigt, das ihm in die Nase drang. Faye legte ihre Wange an seine.

»Wie ist es dir ergangen, Steve?« fragte sie, und Carella antwortete: »Ich bin verheiratet.«

Auf dem Tanzboden klatschte Ben Darcy neben Tommy Giordano. Der überraschte Tommy ließ seine Braut nicht einen Augenblick aus den Armen.

»Nun sei nicht so«, sagte Ben lächelnd. »Du mußt von deinem Reichtum auch etwas abgeben.«

Tommy verbeugte sich gnädig und überließ Angela Ben. Die beiden tanzten mehrere Augenblicke schweigend.

Dann fragte Ben: »Glücklich?«
»Ja.«
»Liebst du ihn?«
»O ja«, sagte Angela. »Jaja!«
»Ich hoffte immer ... na, du weißt.«
»Was denn, Ben?«
»Wir waren sehr viel zusammen als Kinder, Angela.«
»Ja, ich weiß.«
»Du sagtest mir, du liebtest mich.«
»Ich weiß. Wir waren aber Kinder, Ben.«
»Ich liebte dich, Angela.«
»Ben ...«
»Ich habe nie wieder ein Mädchen wie dich gefunden.«
»Ich glaube, man wird bald das Essen servieren. Sollten wir nicht lieber ...«
»Niemals ein Mädchen, so hübsch wie du oder so klug wie du oder so warmherzig und aufregend wie ...«
»Ben, bitte!«
»Entschuldige, Angela. Es ist nur ... Ich habe immer gedacht, wir beide würden es sein. Es hätte so sein können, du weißt es.«
»Jeder wird einmal erwachsen, Ben.«
»Angela, du sagtest einmal ... als wir jünger waren ... als du Tommy zum erstenmal getroffen hattest ... ich rief dich an, ich erinnere mich, und du sagtest mir, es wäre alles zwischen uns aus. Erinnerst du dich daran?«
»Ja, Ben, das schon.«
»Du hättest nicht am Telefon Schluß machen sollen. Nicht nach dem, was wir einander gewesen waren.«
»Es tut mir leid. Vermutlich ... ich wollte einfach reinen Tisch machen, Ben. Schluß. Aus. Ich wollte nicht eine von diesen lang hingezogenen ...«
»Ich weiß, ich weiß. Und okay, es macht nichts. Aber ... als ich mit dir am Telefon sprach, sagte ich, falls ... falls irgend etwas schiefginge mit dir und Tommy, daß ich immer auf dich warte. Erinnerst du dich daran?«

»Ja. Ich entsinne mich.«

»Und du sagtest: ›In Ordnung, Ben. Ich werde es im Gedächtnis behalten.‹ Entsinnst du dich, daß du das sagtest?«

»Es ist so lange her, Ben. Wirklich, ich weiß nicht . . .«

»Ich warte noch immer, Angela.«

»Worauf?«

»Falls irgend etwas schiefgehen sollte, falls irgend etwas zwischen euch passieren sollte, ich bin da. Auf mich kannst du zählen. Ich nehme dich jeden Augenblick, Angela. Ich habe dich einmal geliebt, Angela, und ich liebe dich noch . . .«

»Ben, bitte hör auf. Bitte.«

»Nur daß du daran denkst. Ich warte auf dich. Ich werde immer auf dich warten, Angela.«

Die »Grüne Ecke« war ein baumbeschattetes Haus, zu dem ein gewundener Weg mit Azeleenbüschen in voller Blüte führte. Meyer und O'Brien schlenderten langsam zu der Vordertür und klingelten.

»Ich komme schon«, rief eine Stimme, und sie warteten, während Schritte sich näherten. Die Tür ging auf. Eine kleine, dürre Frau in dunkelblauem Kleid stand lächelnd vor ihnen. Irgendwo im Haus begann ein Hund zu bellen.

»Hallo«, sagte die Frau.

»Hallo«, antwortete Meyer. »Sind Sie die Dame des Hauses?«

»Meine Güte, schicken sie jetzt auch schon sonntags Verkäufer herum?« fragte die kleine Frau.

»Nein, wir sind von der Polizei«, sagte Meyer. Das Lächeln verschwand von den Lippen der Frau. »Nein, beunruhigen Sie sich nicht«, fügte Meyer hastig hinzu, »wir wollten nur . . .«

»Ich bin nur der Hundesitter«, sagte die kleine Frau. »Ich wohne nicht einmal hier. Ich weiß nichts über irgendwelche Vergehen, die hier passiert sind. Ich komme nur, um bei dem Hund zu sitzen, das ist alles.«

»Es handelt sich nicht um Vergehen«, sagte O'Brien. »Wir wollten nur einige Fragen stellen, meine Dame.«

»Aber ich weiß nichts über irgendwen, der hier wohnt. Ich komme nur, um bei dem Hund zu sitzen. Er heißt Butch, und er nagt die Möbel an, wenn man ihn allein läßt. Er fühlt sich dann so einsam und unglücklich. Also sitze ich bei ihm.«

»Kennen Sie die Eigentümer des Hauses?«

»Mr. und Mrs. Travers, ja, aber nicht so gut, wie ich Butch kenne. Butch ist ein goldbrauner Setter, aber er knabbert die Möbel an. Aus diesem Grunde . . .«

»Kennen Sie einen von den Mietern?«

»Ja, da ist der alte Mr. Van Ness im obersten Stock, aber er ist jetzt nicht zu Hause. Und da ist Mrs. Wittley, aber sie ist auch ausgegangen. Und dann ist da die neue Mieterin Oona Blake, aber auch sie ist ausgegangen. Und ich kenne keinen von allen gut, außer Butch. Er ist der einzige Grund, warum ich herkomme. Ich bin einer der besten Hundesitter in der ganzen Gegend.«

»Diese Oona Blake«, fragte O'Brien, »ist sie verheiratet oder unverheiratet?«

»Unverheiratet natürlich. Sie ist einfach ein junges Mädchen.«

»Wie alt?«

»Noch nicht Dreißig, würde ich meinen.«

»Sie sagten, sie ist jetzt gerade ausgegangen. Wissen Sie, um welche Zeit sie ging?«

»Ja. Früh am Morgen. Ich weiß es, weil die Travers' für das Wochenende fort sind, darum sitze ich auch bei Butch. Ich kam gestern her. Und ich war heute früh hier, als Miss Blake fortging.«

»Um welche Zeit, würden Sie sagen, war das?«

»Gleich nach dem Frühstück. Ich mache auch die Mahlzeiten, wenn die Travers' fort sind.«

»Hat sie jemand angerufen?«

»Wen? Mrs. Travers?«

»Nein, Miss Blake.«

»Ach! Ach ja. Tatsächlich hat sie jemand angerufen.«

»Wer?«

»Ich kenne ihn nicht. Ich sagte Ihnen schon, ich weiß nicht viel von dem, was hier vorgeht. Wenn Sie mich fragen, führen die Travers' dieses Haus viel zu sorglos. Zu nachlässig.«

»Trug der Mann etwas bei sich?«

»Welcher Mann?«

»Der Mann, der Miss Blake abholte.«

»Ach, der. Ja, einen Posaunenkasten.«

»Einen Posaunenkasten? Nicht eine Trompete? Oder ein Saxophon?«

»Nein, eine Posaune. Ich werde doch wohl eine Posaune kennen, wenn ich sie sehe? Ein langer schwarzer Kasten. Oh, es war bestimmt eine Posaune.«

»Wie sah er aus?«

»Ich konnte nicht viel von ihm erkennen. Er saß in dem Besuchszimmer und wartete auf sie, und die Jalousien waren heruntergelassen. Aber ich sah den Posaunenkasten gegen den Armsessel lehnen.« Die kleine Frau machte eine Pause. »Sie wird jedenfalls nicht lange hierbleiben, diese Oona Blake.«

»Wie kommen Sie darauf?«

»Ich war vorige Woche als Hundesitter hier. Sie bekam an einem Tag drei Anrufe. Alle von derselben Stelle. Einem Grundstücksagenten. Sie wird bald ausziehen, dies Mädchen.«

»Welchem Grundstücksmakler? Erinnern Sie sich an den Namen?«

»Aber gewiß. Sie bekam drei Anrufe am gleichen Tag. Außerdem ist es nicht weit von hier.«

»Wie ist der Name?« fragte O'Brien.

»Pullens Grundstücksagentur. Es ist die nächste Hochbahnstelle von hier. Direkt an der Ecke, unter der Station.«

»Können Sie uns sagen, wie Oona Blake aussieht?« fragte Meyer.

»Ja, natürlich. Aber ich weiß wirklich nicht viel über sie. Wo soll ich anfangen?«

»Was trug sie, als sie heute morgen fortging?«

»Ein rotes Seidenkleid, ziemlich tief ausgeschnitten. Rote hochhackige Pumps. Keine Strümpfe. Eine Art kleiner roter Feder im Haar, mit einem Kristallclip befestigt.«

»Hatte sie eine Handtasche?«

»Eins von diesen kleinen Dingern, in die man gerade eine Puderdose und Lippenstift und ein paar Kleinigkeiten reinstecken kann.«

»War die auch rot?«

»Nein. Sie war dunkelblau. Glänzend, glaube ich.«

»Und wie würden Sie das Mädchen selbst beschreiben?«

»Sie ist eine Blondine. Ich glaube, die Farbe ist natürlich. Sie ist sehr gut entwickelt. Wenn Sie mich fragen, sie hat etwas mit der Schilddrüse. Jedenfalls ist sie ein sehr starkes Mädel. Lärmend, vermutlich. Oder vielleicht spricht sie auch nur so laut. Sie ist sehr hübsch, würde ich sagen. Blaue Augen. Sie gibt einem den Eindruck von . . . ich weiß nicht . . ., daß sie sehr stark ist, wahrscheinlich. Sie hat ein nettes Lächeln und eine hübsche Nase. Hilft Ihnen das?«

»Ja. Wir danken Ihnen sehr.«

»Sie gehen jetzt zu dieser Grundstücksagentur?«

»Ja.«

»Das würde ich nicht tun. Es ist sonntags geschlossen.«

Das Mädchen, mit dem Bert Kling tanzte, trug ein rotes Seidenkleid und rote hochhackige Pumps. Sie trug auch eine rote Feder im Haar, und die Feder kitzelte Klings Wange, während er sie über den improvisierten Tanzboden manövrierte. Die Leute begannen sich langsam zu den Tischen zu begeben, wo vor jedes Gedeck Cocktails gestellt waren. Kling fing an, sich hungrig zu fühlen. Vielleicht lag es an der Art, wie das Mädchen tanzte, mit einer Art nervöser, drängender Energie, die all seine Kunst der Führung erforderte, um ihr zu begegnen. Es war ein sehr vollbusiges Mädchen, und sie tanzte ganz eng an ihn gedrückt, ihr langes blondes Haar streifte seine Wangen. Sie schien ganz weiblich und liebenswürdig – obwohl sie ein so starkes Mädchen war –, aber trotzdem, da war diese drängende Art an ihr, die ihm das Gefühl gab, daß *sie ihn* über den Tanzboden führte. Die Kraft schien in direktem Gegensatz zu den blauen Augen und dem reizenden Lächeln zu stehen, das ihn zuerst an ihr angezogen hatte. Die Augen und das Lächeln waren ganz weiblich gewesen. Ihr Tanz aber war wie der Gang eines Stahlmagnaten, einer Person, die etwas vorhat, einer Person, die entschlossen ist, es zu erreichen.

Die Kapelle, wenn man sich einmal an sie gewöhnt hatte, war wirklich nicht halb so schlimm. Sie spielte jetzt ein Potpourri aus Foxtrotts und ging glatt von einer Nummer in die nächste über, wobei sie einen stetigen tanzbaren Takt hielt. Sal Martino hatte seine Posaune auf einen Stuhl gelegt, der neben ihm auf dem Podium stand, und er dirigierte das Orchester mit seiner rechten Hand und lächelte gelegentlich in die Menge. Kellner eilten über den Rasen und trugen Drinks heran. Klings Augen schweiften über den Tanzboden. Ben Darcy tanzte noch immer mit Angela. Das Paar schien eine Auseinandersetzung zu haben. Steve Carella tanzte mit einem Rotschopf, der unzweifelhaft den Seiten des *Playboy* entsprungen sein konnte, obwohl man, wie Kling überlegte, dieselbe Bemerkung auch über die Blondine machen konnte, die ihn über den Tanzboden stieß. Teddy Carella schien nicht allzu glücklich über das entflammbare Mädchen im grünen Kleid. Cotton Hawes sah auch nicht glücklich aus. Mißmutig beobachtete er, wie Christine Maxwell mit Sam Jones tanzte.

Dies ist eine ganz verteufelte Hochzeit, dachte Kling. Jeder birst geradezu vor Vergnügen. Selbst Steve sieht ziemlich mürrisch aus, obwohl ich nicht verstehe, warum dieser Rotschopf einen Mann so mürrisch stimmen sollte.

»Ich glaube, ich kenne Ihren Namen nicht«, sagte Kling zu der Blonden in dem roten Kleid.

»Nein«, antwortete sie. Ihre Stimme war tief und heiser.

»Ich heiße Bert.«

»Nett, Sie kennenzulernen«, erwiderte die Blondine.

Er wartete darauf, daß sie ihm ihren Namen nannte. Wenn sie es nicht tat, war es ihm auch gleich. Zum Teufel, wenn ein Mädchen seinen Namen nicht nennen wollte, hatte es keinen Sinn, sie zu zwingen. Außerdem, sagte er sich aus Achtung vor seiner Verlobten, tanzte er ja nur, damit es nicht unangenehm auffiel, wenn er Zuschauer spielte.

»Sie sind eine Verwandte?« fragte er.

»Nein.« Das Mädchen schwieg. »Sie etwa?«

»Nein.« Kling schwieg auch. »Freundin der Braut?«

Das Mädchen zögerte nur den Bruchteil einer Sekunde. Dann sagte sie: »Ja.«

»Eine hübsche Hochzeit«, bemerkte Kling.

»Reizend«, stimmte das Mädchen zu und fuhr fort, ihn über den Tanzboden zu schubsen, als wäre sie in Eile, ganz besonders schnell irgendwohin zu kommen.

Auf dem Podium beugte sich Sal Martino nach unten, um seine Posaune aufzunehmen.

Aus den Augenwinkeln bemerkte Kling die Bewegung. Er wandte sich dem Kapellmeister zu. Sals Rock fiel auseinander, als er sein Instrument aufnahm. Dann richtete er sich schnell auf, die Posaune in den Händen.

Klings Arm griff unwillkürlich sehr fest um die Taille der Blonden.

»He«, sagte sie, »immer langsam, mein Junge.«

Kling ließ sie los. »Entschuldigen Sie mich, Miss«, sagte er, und er ließ sie mitten auf dem Tanzboden stehen.

Teddy Carella saß an dem Tisch der Braut und nippte verzweifelt an einem Manhattan, während sie beobachtete, wie ihr Mann in den Armen einer rothaarigen Sexbombe aus Flemington, New Jersey, herumhopste.

Das ist nicht fair, dachte sie ärgerlich. Das ist kein richtiger Wettbewerb. Ich weiß nicht, wer dieses verdammte Mädchen ist oder was sie will – obwohl es ziemlich deutlich erscheint, was sie will –, aber ich weiß, daß sie gewandt und schlank ist und ein Kleid für Größe acht trägt. Da sie zumindest zehn brauchen würde, und wahrscheinlich zwölf, stehen die Chancen von Anfang an gegen mich. Ich habe jetzt mindestens Größe vierundfünfzig. Wann wird dieses Baby endlich kommen? Nächste Woche, hat der Doktor gesagt. Ja, nächste Woche. Ich bin schon seit Ewigkeiten dick. Ich hoffe, es ist ein Junge. Mark soll er heißen, wenn es ein Junge ist. Mark Carella. Das ist ein guter Name.

Steve, du solltest sie nicht so verdammt fest an dich drücken!

Ich meine es wirklich, gottverdammt!

Und April, falls es ein Mädchen ist.

Ich frage mich, ob ich vielleicht ohnmächtig werden sollte. Das würde ihn schnell zum Tisch zurückbringen, ganz bestimmt. Obwohl ich wirklich nicht behaupten kann, daß *er* sie so fest an sich drückt, weil es scheint, daß *sie* das alles besorgt. Aber vermutlich wirkt so etwas auf beide Teile, und denke nicht, Steve, mein Liebling, daß dies leicht für mich gewesen ist, und du solltest wirklich nicht ... Steve! Wenn du deine Hand noch um einen Zoll weiter bewegst, werde ich dir eine Champagnerflasche auf den Kopf hauen!

Dann sah sie, wie Bert Kling sich durch die Tänzer einen Weg zu ihrem Mann bahnte.

Will er da eingreifen? fragte sie sich.

Und dann fiel Klings Hand auf Carellas Schulter, und er zog ihn von dem Rotschopf zurück, während er ihm etwas ins Ohr flüsterte.

Carella blickte auf.

»Was? Was hast du gesagt?« Eilig flüsternd wiederholte Kling: »Der Kapellmeister! Er trägt eine Pistole unter dem Rock!«

8

Sal Martino sah durchaus nicht sehr glücklich aus.

Die Detektive hatten gewartet, bis eine Pause eintrat, und dann, als die Kellner begannen, den Krabbencocktail zu servieren, hatten sie sich der Kapelle genähert, ihn gebeten, sie zu begleiten und ihn nach oben in ein kleines Schlafzimmer im Hause der Carellas geführt. Jetzt standen sie vor ihm, drei Mann im Halbkreis, Hawes, Carella und Kling. Ihre Gesichter waren ernst und grimmig.

»Warum tragen Sie eine Pistole?« fragte Carella.

»Wer will das wissen?« antwortete Sal.

»Ich. Ich bin Detektiv. Wollen Sie meinen Ausweis sehen?«

»Ja, bitte. Was soll das Ganze überhaupt bedeuten?«

Carella schlug seine Brieftasche auf. »Es sind nur ein paar Fragen, Sal«, sagte er. »Wir möchten etwas über die Pistole unter Ihrem Jackett wissen. Was, zum Teufel, fangen Sie mit einer Pistole an?«

Sal studierte den Ausweis. »Das ist meine Sache«, sagte er. »Sie haben kein Recht, mich danach zu fragen. Wo, zum Teufel, leben wir denn? In einem Polizeistaat?«

»Geben Sie mir die Pistole«, sagte Carella.

»Warum?«

»Geben Sie sie mir!« sagte Carella scharf.

Sal griff in den Halfter unter seiner Jacke.

»Mit dem Griff voran«, sagte Carella.

Sal händigte ihm die Pistole aus. Carella sah sie an und gab sie dann an Hawes weiter. »Eine Iver Johnson Kaliber .22«, sagte er.

Hawes schnüffelte an dem Lauf.

»Wonach, zum Teufel, schnüffeln Sie da«, wollte Sal wissen. »Sie ist seit Jahren nicht abgefeuert worden.«

»Warum tragen Sie sie dann?« fragte Carella.

»Das ist meine Sache.«

»Es ist auch meine Sache«, rief Carella scharf. »Werden Sie nicht keß mit mir, Martino, beantworten Sie die Fragen!«

»Ich habe es Ihnen gesagt. Warum ich eine Pistole trage, ist meine Sache, und ganz allein meine Sache. Und ihr könnt euch alle zum Teufel scheren!«

»Haben Sie je mit gebrochenem Arm Posaune gespielt?« fragte Hawes ruhig.

»Was?«

»*Warum tragen Sie eine Pistole?*« schrie Hawes.

»Ich habe einen Waffenschein.«

»Dann zeigen Sie ihn.«

»Ich brauche Ihnen gar nichts zu zeigen.«

»Wenn Sie einen Waffenschein haben, dann zeigen Sie ihn«, sagte Kling. »Denn wenn Sie es nicht tun, gehe ich sofort zum Telefon und rufe das hiesige Polizeirevier an, und dann können

Sie das alles auf der Wache erklären. Nun, wie ist es damit, Martino?«

»Ich habe Ihnen gesagt, ich habe einen Waffenschein.«

»Dann zeigen Sie ihn!«

»Schon gut, schon gut, beruhigen Sie sich. Ich brauche Ihnen den Schein nicht zu zeigen, das wissen Sie. Ich tue Ihnen einen Gefallen.«

»Sie tun sich auch selbst einen Gefallen, Martino. Wenn Sie einen Waffenschein haben und können ihn nicht vorzeigen, dann wird er Ihnen abgenommen. So lautet das Gesetz. Also lassen Sie ihn sehen.«

»Sie erfinden sich Ihre eigenen Gesetze, was?« sagte Martino und wühlte in seiner Brieftasche.

»Ist es ein Schein für außerhalb oder nur für die Wohnung?«

»Für außerhalb. Sie denken doch nicht, ich werde mit einer Pistole herumlaufen, die nur für die Wohnung gilt?«

»Wo ist der Schein?«

»Einen Moment, nur einen Moment«, sagte Martino. Er zog ein Dokument aus seiner Tasche, entfaltete es und reichte es Carella. »Hier«, sagte er, »sind Sie jetzt zufrieden?«

Das Dokument war in drei verschiedene Teile geteilt, und zwar durch perforierte Ränder. Carella erkannte sofort, daß es in Ordnung war und den gesetzlichen Vorschriften entsprach. Trotzdem nahm er sich genüßlich Zeit, es zu überprüfen. Er drehte es in seinen großen Händen umher, als ob es ein fragwürdiges internationales Dokument wäre, von russischen Spionen präpariert. Er studierte die Unterschriften, und er studierte den Daumenabdruck, und er machte eine große Schau daraus, die Nummer auf dem Waffenschein mit der Nummer zu vergleichen, die auf Martinos Pistole eingeprägt war.

Dann reichte er beides, Pistole und Waffenschein, dem Posaunisten zurück.

»Nun erzählen Sie uns vielleicht, warum Sie das Ding tragen?«

»Dazu bin ich nicht verpflichtet. Der Waffenschein ist genug. Ich habe eine Pistole, und ich habe einen Schein dafür, und das ist alles, was ihr zu wissen braucht. Wenn Sie nichts dagegen haben, möchte ich jetzt etwas Tafelmusik machen.«

»Die Musik kann warten. Beantworten Sie die Frage, Sal!« sagte Kling.

»Ich bin nicht dazu verpflichtet.«

»Wir sollten ihn lieber etwas einsperren«, sagte Hawes.

»Mich einsperren? Weswegen?« schrie Martino.

»Weil Sie sich weigern, mit einem gesetzlich bestellten Beamten für Recht und Ordnung zusammenzuarbeiten«, schrie Hawes jetzt auch laut.

»Okay, okay, okay«, sagte Martino in steigendem Ton. »Okay.«

»Also?«

»Ich bin ängstlich. Ich spiele bei Gesellschaften, und manchmal komme ich erst um drei Uhr oder sogar um vier Uhr morgens nach Hause. Ich bin ängstlich. Ich gehe nicht gern so spät in der Nacht durch die Straßen mit soviel Geld und nur meinem Horn bei mir. Ich habe Angst, okay? Darum habe ich um einen Waffenschein gebeten, und ich habe ihn bekommen. Weil ich Angst habe, okay? Okay? Beantwortet das nun Ihre gottverdammten Fragen?«

»Es beantwortet sie«, sagte Carella und sah etwas beschämt seine Kollegen an. »Sie sollten lieber zur Kapelle zurückgehen.«

Martino faltete seinen Waffenschein und schob ihn wieder in seine Brieftasche zurück zusammen mit seinem Führerschein.

»Es gibt kein Gesetz dagegen, Angst zu haben«, sagte er.

»Wenn es das gäbe«, sagte Carella, »säßen wir alle im Kittchen.«

»Hier ist es«, rief Meyer Meyer zur Theke hinüber. »Donald Pullen, 131 Pondigo Street . . . Nein, warte, das ist das Büro. Es ist 4251 Archer. Das ist hier in dieser Gegend, nicht wahr?«

»Frag mich nicht«, erwiderte O'Brien. »Wir sollten lieber einen Polizisten fragen. Du hast die Nummer zu schnell gefunden, Meyer, ich habe noch nicht mal meinen Kaffee austrinken können.«

»Na, dann beeil dich jetzt.«

Geduldig wartete Meyer, bis O'Brien seinen Kaffee heruntergeschluckt hatte.

»Nach dieser Tasse Kaffee habe ich den ganzen Tag schon gedurstet«, sagte O'Brien. »Ich muß das Problem mit Miscolo lösen. Meinst du vielleicht, ich könnte ihm verstohlen andeuten, daß er die Sorte wechselt oder so was Ähnliches?«

»Ich glaube nicht, daß das was nützen wird, Bob.«

»Nein, ich glaube es auch nicht.«

»Warum bringst du nicht deinen eigenen Kaffeetopf ins Büro? Und kaufst dir selber eine Kochplatte, so eine von diesen Einzelplatten.«

»Gott, das klingt wie eine gute Idee«, sagte O'Brien, »ausgenommen eine Sache.«

»Und welche ist das?«

»Ich kann nicht richtig Kaffee kochen.«

»Also gut, mach zu, trink aus.«

O'Brien trank seinen Kaffee aus. Zusammen gingen die beiden zu dem Sedan, der ohne Polizeikennzeichen am Bürgersteig wartete.

»4251 Archer«, sagte Meyer. »Wir werden den ersten Verkehrspolizisten fragen, den wir treffen.«

Sie sahen zehn Blocks lang keinen Polizisten. Dann fuhren sie zu einem hinüber und fragten ihn, wo die Archer Street wäre.

»Archer Avenue, meinen Sie?«

»Ja, vermutlich.«

»Sagen Sie doch, zum Teufel, was Sie wirklich meinen. Und ziehen Sie den Wagen an den Bürgersteig. Sie stören ja den Verkehr!«

»Wir wollten ja nur wissen ...«

»Ich weiß, was Sie wissen wollen. Wollen Sie etwa mit mir Streit anfangen?«

»Nein, Sir«, sagte Meyer, zog den Wagen an den Bürgersteig und wartete, bis der Polizist die Wagen hinter ihm richtig dirigiert hatte. Endlich kam der Polizist zu ihrem Wagen zurück.

»Verstehen Sie es nicht besser, als mitten auf der Straße zu halten?« fragte er.

»Ich habe nicht daran gedacht, Herr Beamter«, sagte Meyer.

»Natürlich. Also was wollen Sie nun eigentlich wissen?«

»Wie man zu der Archer Avenue kommt.«

»Zwei Blocks abwärts und dann rechts einbiegen. Welche Nummer wollten Sie haben?«

»4251«, sagte Meyer.

»Drei Blocks, nachdem Sie eingebogen sind.« Er sah nach dem anlaufenden Verkehr. »Okay, haut ab.« Als sie abfuhren, schrie er ihnen nach: *»Und halten Sie nie mehr in der Mitte der Straße, verstehen Sie mich, Mister?«*

»Ein netter Mensch«, sagte Meyer.

»Bringt die Polente in schlechten Ruf«, erwiderte O'Brien mürrisch.

»Warum? Er hat uns doch geholfen, nicht wahr?«

»Mieser Charakter«, bemerkte O'Brien, und Meyer bog nach rechts ein. »Drei Blocks von hier, nicht wahr?«

»Ganz richtig.« Sie fuhren die Straße langsam hinauf und hielten vor 4251. »Hier ist es. Wir wollen hoffen, daß er zu Hause ist.«

4251 Archer war, wie die meisten Häuser in Riverhead, ein privates Wohnhaus. Meyer und O'Brien gingen den Fußweg hinauf und drückten auf den Klingelknopf. Ein großer Mann in weißem Hemd und roter Weste machte die Tür auf.

»Bitte, meine Herren«, sagte er, »womit kann ich Ihnen dienen?«

»Mr. Pullen?« fragte Meyer.

»Ja?« Pullen studierte seine Besucher. »Handelt es sich um Grundstücke oder Versicherung?«

»Wir würden Ihnen gerne einige Fragen stellen, Mr. Pullen. Wir kommen von der Polizei.«

»Polizei?« Pullen wurde in zwei Sekunden geisterbleich. »Was, was, was kann . . .«

»Dürfen wir eintreten, Mr. Pullen?«

»Jaja, kommen Sie nur herein.« Hastig sah Pullen an ihnen vorbei, ob auch keiner seiner Nachbarn den Vorgang beobachtete.

Sie folgten ihm in das Haus und in das Wohnzimmer. Es war mit schweren Möbeln angefüllt, die mit braunem Mohair bezogen waren. Das ließ den kleinen Raum noch heißer erscheinen, als er wirklich war.

»Nehmen Sie Platz«, sagte Pullen. »Worum handelt es sich?«

»Haben Sie mit einer Miss Oona Blake telefoniert oder Anrufe von ihr bekommen?«

»Aber ja.« Pullen sah überrascht und dann erleichtert aus. »Ach, es handelt sich um *sie*, ja? Nicht um mich? Um sie?«

»Ja, es handelt sich um sie.«

»Ich wußte, die war ein fauler Kunde. Ich wußte es im Moment, wo ich sie sah. Eine sehr attraktive Person. Sehr attraktiv. Eine Prostituierte?«

»Nein, wir wissen nicht, was sie ist. Wir wollen einfach herausfinden, welcher Art Geschäfte sie mit Ihnen hat.«

»Nun, Immobiliengeschäfte«, erwiderte Pullen. »Was dachten Sie denn? Sie wollte eine Wohnung mieten.«

»Wo?«

»Ja, da hatte sie sehr spezielle Wünsche. Sie wollte eine Wohnung, entweder gegenüber der Charles Avenue 831 oder hinter Charles Avenue 831. Das ist nur eine kleine Entfernung von hier, die Charles Avenue.«

»Ich höre etwas läuten«, sagte Meyer. Er dachte einen Moment nach. »Natürlich. Dort wohnen ja Steves Eltern. Hat Miss Blake Ihnen gesagt, warum sie eine Wohnung nahe dieser Adresse wollte?«

»Sagte, sie hätte Freunde dort.«

»Ich verstehe. Haben Sie eine Wohnung für sie bekommen?«

»Nein. Nicht die. Aber ich konnte ihre andere Forderung erfüllen. Ja, da konnte ich sie wirklich gut bedienen.«

»Welche Wohnung war das denn?« fragte O'Brien.

Pullen lächelte. »Nun, die Wohnung, die sie dicht bei dem Fotografenatelier haben wollte.«

»Was für ein Essen!« rief Birnbaum. »Tony, du hast dich selbst übertroffen. Was für eine Hochzeit, was für ein Dinner!«

»Birnbaum, trink etwas Champagner«, sagte Tony. »Wir haben hier genug Champagner, um ein neues Frankreich zu starten. Trink ein bißchen Champagner, lieber Freund.« Er führte Birn=

baum zu der Meermaid aus Eis und zog eine Flasche aus ihrer gefrorenen Wanne. Überall rund um ihn knallten die Champagnerkorken, und jeder neue Knall erfüllte Tonys Herz mit Freude. Es sollte wirklich eine feine Hochzeit werden. Vielleicht würde all das Geld, das diese lausige Hochzeitsfeste-GmbH bekam, schließlich doch die Sache wert sein. Er zog die Goldfolie vom Hals der Flasche und machte dann den Draht los. Mit dem Daumen lockerte er den Korken und zog ihn behutsam aus der Flasche. Birnbaum, der neben ihm stand, hielt sich die Ohren zu. Der Korken hob sich aus dem Flaschenhals.

»Popp!« rief Tony, und der Korken schoß im selben Augenblick aus der Flasche, weißer Schaum folgte aus dem grünen Hals und lief über Tonys dicke Finger. Birnbaum klopfte Tony auf den Rücken, und beide lachten unbändig. Die Kapelle spielte jetzt lauter, und die Champagnerkorken explodierten, und Jody Lewis lief mit seinen Blitzlichtern über den Rasen, um die Braut und den Bräutigam für die Nachwelt festzuhalten. Er folgte ihnen zu der langen Hochzeitstafel, wo der altertümliche und ehrwürdige Brauch der Sammlung des Brautschatzes gerade stattfinden sollte. Angela gab eine wundervolle Wirtin für diesen Empfang ab. Tommy saß neben ihr, grinste von einem Ohr bis zum andern, und Jody Lewis ließ seinen Apparat dauernd klicken, während die Verwandten vorbeidefilierten, um die Braut zu küssen und ihr Glück zu wünschen, dem Bräutigam die Hand zu schütteln und zu gratulieren. Während des Händeschüttelns wurde Tommy ein Geschenk, eine Zehndollarnote oder eine Zwanzigdollarnote in einem Umschlag in die Hand gedrückt.

»Herzliche Glückwünsche«, sagten die Gratulanten, leicht verlegen, wenn sie das Geld überreichten, eine zivilisierte Geste, in der noch die Barbarei primitiver Zeiten lebte, die Gaben, die man dem neugekrönten König darbringt. Und Tommy seinerseits war verlegen, wenn er die Gaben annahm, weil nichts schwieriger ist, als ein Geschenk mit Haltung zu empfangen; und Tommy war noch zu jung, um Haltung erworben zu haben. »Danke Ihnen«, murmelte er nur wieder und wieder. »Danke, danke.«

Die Champagnerkorken explodierten weiter.

»Das einzig Störende an diesem Getränk«, sagte Birnbaum, »ist, man möchte gerne mal ins Badezimmer gehen.«

»Dann geh doch«, sagte Tony.

»Ich will auch.«

»Rechts oben. Das Schlafzimmer am Ende der . . .«

»Nein, nein. Ist mir zu voll dort oben«, erwiderte Birnbaum. »Ich laufe zu meinem eigenen Haus hinüber.«

»Und willst die Hochzeit versäumen?«

»Es dauert ja nur eine Minute. Ich werde mich sehr beeilen. Mach dir keine Sorgen, Tony, ich bin gleich zurück.«

»Also gut, Birnbaum. Hurtig! Hurtig!« Birnbaum neigte den Kopf zur Seite und schlug sich in die Büsche, zu seinem Haus auf dem nächsten Grundstück.

Am entfernten Ende des Tisches, weder von Angela noch von Tommy beobachtet, die damit beschäftigt waren, Geschenke und gute Wünsche in Empfang zu nehmen, stellten ein paar Hände zwei kleine Flaschen hin, mit rotem Wein gefüllt. Jede der Wein=flaschen hatte eine große Schleife. Die eine Schleife war rot, die andere war blau.

An die rote Schleife war eine Karte gebunden, auf der ›Für die Braut‹ stand, die blaue Schleife trug eine ganz gleiche Karte, die Tommy, wenn er sie gesehen hätte, vielleicht an etwas erinnert haben würde. Es ist jedoch zweifelhaft, daß er die Handschrift als identisch mit derjenigen auf einer Karte erkannt hätte, die er früher am heutigen Tage empfing. Die Karte an der blauen Schleife hatte die schlichte Aufschrift ›Für den Bräutigam‹.

»Komm mit«, sagte Jonesy zu Christine.

»Ich bin mit einem Mann hergekommen, wie du weißt«, erwi=derte Christine kokett. Sie genoß das Spiel und, sonderbar, weil sie gar nicht hatte kommen wollen, gefiel ihr auch die Hochzeit. Doch ganz besonders gefiel ihr der Ausdruck des Mißvergnügens, der sich über Cottons Gesicht verbreitete, wann immer er sie mit Sam Jones tanzen sah. Dieser Anblick war unbezahlbar. Er gefiel ihr besser als die Musik und der Champagner und die knallenden Korken und das wunderbar unbeschwerte Gefühl von Heiterkeit, das bei dieser Feier im Freien herrschte.

»Ich weiß, daß du mit jemand gekommen bist. Er ist auch stärker als ich«, sagte Jonesy, »aber das ist mir gleich. Komm mit.«

»Wohin willst du mich bringen?« fragte Christine kichernd, während Jonesy sie bei der Hand nahm und in die Büsche zur Seite des Hauses zog. »Jonesy! Aber wirklich!«

»Komm, komm, komm«, sagte er. »Ich will dir etwas zeigen.« Er zog sie tiefer ins Gesträuch auf einen Pfad, der durch beständiges Laufen über das kurze Gras ausgetreten worden war.

»Was willst du mir zeigen?«

»Wir wollen erst mal ein bißchen weiter weg von den Festivitäten gehen«, antwortete er. Seine Hand hielt ihre fest. Er zog sie den Pfad entlang, als würde er gewaltsam getrieben. Christine war nicht ängstlich. In Wahrheit war sie angenehm aufgeregt. Sie dachte, sie wüßte ja, was kommen würde, und sie dachte, sie würde sich nicht wehren. Es würde Cotton recht geschehen, wenn ein hübscher junger Fremder sie in die Büsche zog wie ein Wilder und sie gründlich und herzhaft abküßte.

Nein, sie würde sich nicht wehren.

Es war etwas Gewinnendes an der Aufmerksamkeit, die Sam Jones ihr den ganzen Nachmittag gezeigt hatte, etwas, was sie an die Zeit erinnerte, als sie noch sehr jung gewesen und Parties im Freien während des Sommers an jedem Weekend üblich waren. Jetzt, da sie mit ihm über das kurze Gras lief, erwartete sie den Kuß, der kommen würde. Sie fühlte sich plötzlich sehr jung, ein junges Mädchen, das durch eine baumbeschattete Allee läuft; ihre Füße tanzten über den sonnengesprenkelten Pfad am fernen Ende des Gartens.

Jonesy hielt plötzlich inne.

»Hier«, sagte er. »Das dürfte weit genug entfernt sein, meinst du nicht?«

»Wofür?« fragte Christine. Sonderbar, das Herz schlug ihr heftig in der Brust.

»Weißt du es nicht?« fragte Jonesy. Er zog sie an sich, er stand mit dem Rücken zu dem Garten der Carellas. Christine fühlte sich auf einmal atemlos. Sie hob ihren Mund dem Kuß entgegen – und plötzlich schrie jemand laut auf, und eine Gänsehaut überlief ihren ganzen Körper, und dann begriff sie, es war Jonesy, der so schrie, mit einer wilden, männlichen Stimme schrie, und sie trat von ihm zurück und sah in sein Gesicht, und dann folgte sie seinem erstarrten Blick.

Nicht sieben Fuß entfernt von dem Platz, wo sie standen, lag ein Mann mit dem Gesicht zur Erde auf dem Pfad. Der Rücken des Mannes war mit Blut bedeckt. Der Mann atmete nicht.

»O mein Gott!« rief Jonesy. »Es ist Birnbaum!«

9

Das Telefon im Wachraum läutete intensiv. Hal Willis, allein, richtete sich aus seiner gebeugten Stellung neben dem Wasserkühler auf und schrie: »Schon gut, schon gut, um Christi willen! Es hört doch nie auf. Kaum geht man einen Schluck Wasser trinken und schon ... Schon gut, ich komme!« Er warf Wasser und Papierbecher in den Abfalleimer, lief wie verrückt zum Telefon und griff nach dem Hörer.

»Hallo!« schrie er. »Revier 87!« schrie er. »Detektiv Willis am Apparat!« schrie er.

»Ich höre dich, Mac«, sagte die Stimme am anderen Ende. »Ich kann dich fast ohne Telefon hören, ich bin hier unten in High Street. Wollen wir es nicht noch mal probieren? *Pizzicato* diesesmal?«

»Du meinst *diminuendo?*« erwiderte Willis sanft.

»Was immer ich auch meine, ich denke wir haben begriffen. Hier ist Avery Atkins im Labor. Man schickte uns einen Zettel herunter, wir haben ihn bearbeitet.«

»Was für einen Zettel?«

»Es steht nur darauf ›Für den Bräutigam‹. Weißt du Bescheid?«

»Ungefähr. Was ist damit los?«

»Wie sagtest du, ist dein Name, Freund?«

»Willis, Hal Willis. Detektiv dritter Klasse. Männlichen Geschlechts, weiße Hautfarbe, Amerikaner.«

»Und ziemlich frech«, fügte Atkins hinzu.

»Hör mal, hast du eine Information für mich oder nicht? Ich bin hier ganz allein und habe eine Million Sachen zu tun.«

»Also folgendes. Behalte es gut, du heller Junge. Das Papier war billiges Zeug, Marke Skyline, wird über jeden Ladentisch in dieser Stadt für 25 Cents das Päckchen mit zehn Karten und zehn kleinen Umschlägen verkauft. Geh auf die Jagd nach diesem einen. Die Tinte, die gebraucht wurde, war Sheaffers Skrip, Nummer 32, tiefschwarz. Wird ebenfalls überall in unserer ganzen schönen Stadt verkauft. Du kannst ihr auch nachjagen, mein kluger Bursche. Was uns auf die Fingerabdrücke bringt. Es sind zwei Sätze auf der Karte, beide taugen nichts. Der eine gehört einem Burschen namens Thomas Giordano. Nicht vorbestraft. Wir haben es durch die Fingerabdrücke in seinen Militärpapieren herausbekommen. Er war in der Armee beim Heeresnachrichtenkorps. Der zweite Satz gehört einem Burschen namens Stephen Louis Carella, der, soweit ich weiß, ein Detektiv ist, der in eurem wundervollen 87. Revier arbeitet. Er sollte besser aufpassen, wo er seine dicken Finger hinlegt. Genügt das, mein smarter Junge?«

»Ich höre noch immer«, sagte Willis.

»Kommen wir zu der Handschrift selbst, und da ist eine Menge darüber zu sagen, was du nicht zu wissen brauchst, wenn ihr uns nicht ein Exemplar zum Vergleich schickt. Es ist nur noch eine Sache, die du wissen mußt.«

»Und was ist das?«

»Wer auch immer dies herüberschickte, bat uns, einen Vergleich mit der Handschrift eines gewissen Martin Sokolin vorzunehmen, von dem wir ein Strafregister beim IB haben. Das haben wir besorgt. Und eins steht fest.«

»Und was ist das?«

»Martin Sokolin hat diesen Liebesbrief nicht geschrieben.«

Die drei Detektive standen neben der Leiche von Joseph Birnbaum. Es war weder Schmerz noch Freude, noch Sorge auf ihren Gesichtern zu lesen. Bewegungslos starrten sie auf den Toten, und was immer sie fühlten, war hinter den Masken streng verborgen, die sie für die Öffentlichkeit trugen.

Carella kniete sich als erster nieder.

»In den Rücken geschossen«, sagte er. »Die Kugel ist wahrscheinlich durch das Herz gegangen. Tötete ihn augenblicklich.«

»Das meine ich auch«, sagte Hawes nickend.

»Wie kommt es, daß wir den Schuß nicht gehört haben«, fragte Kling.

»All diese Campagnerflaschen, die geöffnet wurden. Es ist auch eine ziemliche Entfernung vom Hause. Der Schuß klang vermutlich so, als ob ein Korken aus der Flasche explodierte. Sieh dich einmal um, bitte, Bert? Sieh nach, ob du die Hülse finden kannst.«

Kling begann durch das Gebüsch zu kriechen. Carella wandte sich Jonesy zu, der neben Christine stand. Dessen Gesicht war kreidebleich. Seine Hände, obwohl er versuchte, sie zu beherrschen, zitterten heftig.

»Reißen Sie sich zusammen«, sagte Carella barsch. »Sie können uns helfen, aber nicht in dem Zustand, in dem Sie jetzt sind.«

»Ich ... ich ... ich kann nichts dafür«, sagte Jonesy. »Ich ... habe das Gefühl, daß ich gleich ohnmächtig werde. Darum ... darum schickte ich Christine zu Ihnen.«

»Ist das der Grund?« fragte Hawes.

»Ich ... ich wußte, ich könnte es selbst nicht schaffen.«

»Vielleicht war es ganz gut so«, sagte Carella. »Wenn Sie in den Garten eingebrochen wären, hätten Sie die ganze Hochzeit aufplatzen lassen, so sicher wie ...«

»Was habt ihr überhaupt hier zu tun gehabt?« fragte Hawes und sah Christine ärgerlich an.

»Wir machten einen Spaziergang«, erwiderte Jonesy.

»Warum hierher?«

»Warum nicht?«

»Beantworten Sie meine Frage, verdammt noch mal!« schrie

Hawes. »Dieser Mann hier ist tot, und Sie sind derjenige, der die Leiche gefunden hat, und ich möchte gerne wissen, was, zum Teufel, Sie hierhergeführt hat? Zufall?«

»Ja.«

»Warum? Was hatten Sie hier zu suchen?«

»Ich ging mit Christine spazieren.«

»Cotton, wir haben nur . . .«

»Zu dir komme ich noch, Christine«, sagte Hawes. »Warum haben Sie diesen Pfad für einen Spaziergang gewählt, Jones? Damit Sie einen Zeugen hätten, wenn Sie die Leiche entdeckten?«

»Was!«

»Sie haben mich gehört!«

»Das . . . das ist – das ist absurd!«

»So? Warum sind Sie dann hierher gekommen?«

»Ich wollte Christine küssen«, platzte Jonesy heraus.

»Und ist es Ihnen gelungen?« fragte Hawes giftig.

»Cotton . . .«

»Halt du den Mund jetzt, Christine. Haben Sie sie geküßt?«

»Was hat das alles mit Birnbaum zu tun? Was geht es Sie an, ob oder ob ich nicht . . .«

»Wann sahen Sie die Leiche«, unterbrach Carella, verärgert, weil Hawes die Befragung in das Private herabzog und nicht als eine Polizeiangelegenheit behandelte.

»Wir standen hier«, sagte Jonesy. »Und zufällig sah ich es.«

»Sie standen genau hier?« fragte Carella.

»Ich . . . ich wollte gerade Christine küssen.«

»Weiter«, sagte Carella und beobachtete, wie Hawes' Fäuste sich ballten.

»Ich sah die Leiche«, sagte Jonesy. »Und ich – ich schrie. Und dann erkannte ich, daß es Birnbaum war.«

»Wohin führt dieser Pfad eigentlich?« fragte Hawes scharf.

»Zu Birnbaums Haus. Auf dem nächsten Grundstück.«

Kling kam rasch durch die Büsche zurück. »Hier ist sie, Steve«, sagte er und hielt ihm die Messinghülse hin. Carella sah sie sich an. Sie war auf der Seite gestempelt mit 357 Magnum. Am rück=

wärtigen Ende war die Schrift in einem Kreis angeordnet: Peters Magnum 357.

Auf jeden Fall gab es keinen Zweifel darüber, welche Art von Revolver diese besondere Hülse abgefeuert hatte. Entweder ein Colt oder ein Smith & Wesson Magnum=Revolver.

»Eine Magnum«, sagte Carella. »Eine große Kanone.«

»Nicht unbedingt«, bemerkte Hawes. »Smith & Wesson bringen eine Magnum heraus, die nur einen kurzen 3½ Zoll langen Lauf hat.«

»Auf jeden Fall schließt diese Hülse unseren Freund Martino mit seiner .22er Iver Johnson aus.«

»Tja. Was tun wir jetzt, Steve?«

»Wir rufen am besten die Mordkommission an. Ich denke, mit drei Detektiven auf der Szene sollten wir das zuständige Revier lieber nicht anrufen. Oder doch?«

»Ich glaube, es wäre besser.«

»Jesus, ich hasse es wie die Hölle, diese Hochzeit platzen zu lassen.« Steve machte eine Pause. »Ich glaube, auch Birnbaum hätte das nicht gewünscht.«

»Vielleicht brauchen wir es nicht.«

»Wie stellst du dir das vor?«

»Diese Stelle hier ist gegen das Grundstück deines Vaters sehr gut geschützt. Vielleicht können wir die Fotografen und die Krimi=naltechniker von der nächsten Straße hereinbringen, über Birn=baums Hinterhof und durch die Büsche. Was meinst du?«

»Ich weiß nicht«, sagte Carella.

»Welches Revier ist dies überhaupt?«

»Das 112., glaube ich.«

»Kennst du wen auf der Wache?«

»Nein, du?«

»Nein.«

»Warum glaubst du also, daß sie uns den Gefallen tun werden?«

»Kollegiale Höflichkeit. Zum Teufel, es würde niemand schaden. Man heiratet nur einmal.«

Carella nickte und sah auf den leblosen Körper von Joseph

Birnbaum, den Nachbarn, hinab. »Man stirbt auch nur einmal«, sagte er. »Kommen Sie mit, Jonesy, zurück zum Hause. Sie auch, Miss Maxwell. Einige Fragen würde ich gern an Sie beide stellen. Bert, du kommst mit zurück und rufst das 112. an. Cotton, willst du bitte bei der Leiche bleiben?« Er vermutete, daß Hawes für die notwendige Diplomatie beim 112. Revier besser ausgerüstet wäre als Kling. Aber gleichzeitig wollte er nicht ein eifersüchtiges männliches Wesen einen offensichtlich erschreckten Verdächtigen anbrüllen hören, während er Jonesy und Christine weiter befragte.

Falls Hawes Carellas Taktik begriff, ließ er nichts davon merken. Er nickte nur und nahm neben dem dahingestreckten Birnbaum Stellung, als die übrigen zurück zum Hause gingen.

In der Ferne konnte Hawes die Kapelle hören, die laut lachenden Stimmen, das ferne Knallen der Korken von Champagnerflaschen. In der Nähe füllten die Insekten das Gehölz mit tausendfachem Summen. Er schlug eine Fliege weg, die sich auf seine Nase gesetzt hatte, und steckte sich dann eine Zigarette an. Der Pfad, bemerkte er, machte einige Fuß hinter der Stelle, wo Birnbaum lag, eine scharfe Wendung. Müßig folgte Hawes dieser Biegung des Pfades, überrascht, als die Bäume um ihn sich plötzlich lichteten und der offene Rasen von Birnbaums Garten vor ihm lag. Er sah zu Birnbaums Haus hinüber. Irgend etwas glitzerte in dem Dachfenster.

Er sah noch einmal hin.

Es gab eine plötzliche Bewegung, und dann zeigte das Fenster nichts mehr als ein leeres offenes Rechteck.

Aber Hawes war sicher, daß er eine Sekunde vorher einen Mann mit einem Gewehr in diesem Fenster gesehen hatte.

Eine Blondine in einem roten Seidenkleid saß an dem Toilettentisch in dem unteren Schlafzimmer, als Christine Maxwell das Zimmer betrat. Carella hatte ihr gesagt, er wolle Jonesy allein befragen und würde später auf sie zurückkommen. Sie war sofort nach unten gegangen, auf die Suche nach der Damentoilette. Sie fühlte sich nicht allzu wohl, und sie wollte ihr Gesicht waschen und etwas frischen Lippenstift auflegen.

Wenn möglich, dann wurde ihr von der Blondine in dem roten Seidenkleid noch übler.

Als Christine ihre kleine blaue Handtasche auf den Toilettentisch legte, richtete die Blonde ihre Strümpfe. Das rote Kleid, hochgezogen bis über ihre Nylons, entblößte ein wunderbar geformtes Bein, das in jeder Hollywood-Boudoir-Szene konkurrieren konnte. Während sie neben der Blonden in dem engen, tiefausgeschnittenen roten Seidenkleid stand, aus dem die Fülle des Fleisches überquoll, während sie neben dem so herausfordernd ausgestreckten Bein stand, fühlte sich Christine Maxwell plötzlich mager und linkisch. Sie wußte, das war absurd. Sie hatte sich immer für ein recht gut proportioniertes Mädchen gehalten, das in der City immer noch ein oder zwei Pfiffe an jeder Straßenecke provozieren konnte. Aber die Blonde, die den Strumpf über ihrem ausgestreckten Bein glättete, war so großzügig ausgestattet, königlich wie eine Statue, daß Christine plötzlich das Gefühl hatte, sie hätte sich in all ihren früheren Lebensjahren über sich getäuscht. Die Blonde zog ihren Strumpfbandgürtel fester, wobei ihre Schultern und Brüste sich strafften. Fasziniert betrachtete Christine das sich bewegende Fleisch.

»Sie sehen ein bißchen blaß aus, Herzchen«, sagte die Blonde

»Wie? Ach ja. Wahrscheinlich.«

»Gehen Sie hinaus und trinken Sie einen Schluck Whisky. Das wird Farbe in Ihre Wangen bringen.« Sie erhob sich plötzlich, betrachtete sich im Spiegel und sagte dann: »Bitte, jetzt steht Ihnen alles zur Verfügung. Ich muß mal zur Toilette.« Sie ging ins Bad und verschloß die Tür. Christine nahm ihren Kamm heraus und begann ihr Haar zu richten. Sie sah bleich aus, sie sollte lieber ihr Gesicht waschen. Mein Gott, dieser arme Mann, der da draußen auf dem Pfad lag.

Die Toilettentür öffnete sich. »Also auf Wiedersehen, meine Liebe«, sagte die Blonde. Sie ging zu dem Ankleidetisch, griff eine Handtasche von ihm und fegte aus dem Schlafzimmer.

Augenscheinlich hatte sie nicht bemerkt, daß die Tasche, die sie genommen hatte, Christine gehörte.

Und auch Christine, in ihrem aufgeregten Zustand, bemerkte den Irrtum nicht.

Der Mann in dem Dachraum von Birnbaums leerem Haus sah, wie Hawes zu dem Fenster hinaufblickte und dann noch einmal hinsah. Rasch duckte er sich unter das Fenstersims.

Er hat mich gesehen, dachte er.

Er hat das Gewehr gesehen.

Was jetzt?

Gottverdammt, sie weiß, sie sollte jeden von diesem Haus fernhalten! Wo, zum Teufel, steckt sie? Warum tut sie nicht, was sie tun sollte?

Er wartete und lauschte. Er konnte das stetige Geräusch schwerer Schritte auf dem Rasen hinter dem Haus vernehmen. Vorsichtig kroch er auf Händen und Knien links neben das Fenster und stand dann auf. Er zog sich vom Fenster etwas zurück. Dort, wo er stand, konnte er von außen nicht gesehen werden, hatte aber einen klaren Ausblick auf den Rasen und . . . ja, dieser Mann kam auf das Haus zu, ging mit schnellem Schritt über den Rasen.

Was soll ich jetzt machen? fragte er sich.

Er lauschte.

Der Mann kam um die Seite des Hauses herum. Er hörte die Fußtritte auf dem Kiesweg dort und dann auf den Stufen, die zu der vorderen Veranda führten, und dann tappten sie über die Veranda und hielten an der vorderen Tür. Es wurde nicht geklopft. Verstohlen ging die Tür auf, quietschte in ihren Angeln.

Stille.

Der Schütze in der Dachstube wartete. Er konnte wieder die Schritte hören, wie sie vorsichtig, leise, durch das schweigende Haus näher rückten, der Treppe zu, wobei sie auf jeder Stufe zögerten und jeder Schritt den Eindringling näher und näher zum Dach herauf brachte. Rasch ging der Schütze zur Tür und stellte sich dicht dahinter. Rasch packte er das Gewehr beim Lauf.

Jetzt klangen vorsichtige Schritte in dem Korridor draußen. Er hielt den Atem an und wartete.

Die Türklinke bewegte sich fast unmerklich.

Der Schütze schwang das Gewehr über seine Schulter zurück wie einen Baseballschläger.

Mit der Pistole in der Hand stieß Cotton Hawes die Tür zum Dachraum auf, und das Gewehr bewegte sich in einem jähen, wirbelnden Bogen, der Kolben traf ihn an die Schläfe und schlug ihn besinnungslos zu Boden.

10

Der Pulverdunst hing noch in der Luft des kleinen Zimmers, das quer über die Straße gegenüber von Jody Lewis' Fotografenatelier lag. Donald Pullen öffnete die Tür mit seinem Schlüssel und rief dann aus: »Pfui! Was ist das für ein Gestank?«

»Kordit«, sagte Meyer sofort. Der Geruch war ihm so vertraut wie der seiner Ehefrau, wenn auch nicht annähernd so angenehm. »Hier hat jemand eine Waffe abgeschossen.«

»Tja«, sagte O'Brien und begann sofort nach der verbrauchten Patronenhülse zu suchen.

Meyer trat an das Fenster. »Hübsche Aussicht auf das Fotoatelier«, bemerkte er. Plötzlich bückte er sich. »Hier ist sie, Bob.«

»Hier ist noch eine«, sagte O'Brien. Er brachte Meyer die Hülse.

»Dasselbe Kaliber«, sagte Meyer. »Ein Gewehr.«

»In diesem Zimmer hat jemand ein Gewehr abgeschossen?« fragte Pullen ungläubig.

»Es sieht so aus«, antwortete Meyer.

»Warum? Warum sollte jemand in einem so kleinen Zimmer ein Gewehr abfeuern?«

»Sehr wahrscheinlich, um jemanden zu treffen, der in dieses Fotoatelier auf die andere Straßenseite hineingeht oder dort herauskommt. Sie sagten, Miss Blake hätte speziell ein Zimmer in der Nähe des Fotoateliers gefordert, nicht wahr?«

»Tatsächlich, ja! Das ist erstaunlich«, sagte Pullen. »Das ist bestimmt eine erstaunliche Schlußfolgerung.«

»Elementar«, sagte Meyer großartig, und Bob O'Brien unterdrückte ein Lachen. »Wir wollen uns mal umsehen, Bob. Ein Gewehr scheint mir eigentlich nicht die Art von Waffe, die eine Frau wählen würde. Was denkst du?«

»Am Sonntag denke ich nie«, erwiderte O'Brien, aber er begann, sich im Zimmer umzusehen. Der Raum hatte eine Atmosphäre des Unbewohnten an sich. Es stand da ein Messingbett an der einen Wand, ein Nachttisch daneben. Auf einen anderen Tisch war eine Waschschüssel und ein Krug mit Wasser gestellt. Eine Stehlampe befand sich hinter einem abgewetzten Lehnstuhl in einer Ecke des Raumes, ein Schrank, mit Vorhängen geschlossen, an der Wand gegenüber dem Fenster. Daneben führte eine Tür zu einem winzigen Badezimmer. O'Brien ging in das Badezimmer und öffnete das Medizinschränkchen. Es war leer. Er zog den Vorhang von dem Schrank zurück und sah auf die leeren Kleiderbügel.

»Wer immer hier auch wohnt, reist mit leichtem Gepäck«, bemerkte er.

»Irgend etwas, das auf eine Frau hinweist?« fragte Meyer. »Kleenex mit Lippenstiftflecken? Haarklemmen? Lange Haare?«

»Keine Anzeichen eines menschlichen Wesens«, erwiderte O'Brien. »Wart einen Augenblick, hier ist etwas.« Er hob einen Aschenbecher von dem Nachttisch. »Ein Zigarrenstummel. Kennst du irgendwelche Damen, die Zigarren rauchen?«

»Anne Baxter und Hermione Gingold«, sagte Meyer. »Meinst du, die schießen auch mit Gewehren?«

»Vielleicht. Aber die meisten Schauspielerinnen treten am Sonntag nicht auf. Außerdem würde ich nie das Glück haben, einen Fall zu erwischen, in den Berühmtheiten verwickelt sind.«

»Ich hatte einmal einen Star«, sagte Meyer. »Eine Sängerin. Es ist eine Schande, daß ich zu der Zeit schon verheiratet war.«

»Warum?«

»Tja«, sagte Meyer nur und zuckte beredsam die Achseln.

»Es ist bestimmt faszinierend, euch Burschen bei der Arbeit zu sehen«, bemerkte Pullen.

»Es schlägt das Fernsehen um einige Längen«, sagte O'Brien. »Die meisten Leute halten Polizisten für alltägliche Angestellte, die in ein muffiges Büro gehen und Berichte in dreifacher Ausfertigung tippen und in der ganzen Stadt herumlaufen. Ganz gewöhnliche Burschen, verstehen Sie? Kerls mit Frauen und Kindern. Solche wie Sie und ich, Mr. Pullen.«

»Ja?« fragte Pullen.

»Sicher. Das ist der Einfluß des Fernsehens. In Wirklichkeit ist ein Detektiv eine recht glänzende Persönlichkeit. Stimmt das nicht, Meyer?«

»Durchaus«, sagte Meyer und schnüffelte an dem Zigarrenstummel.

»Er hat es die ganze Zeit mit großartigen Blondinen in tollen Negligés zu tun. Stimmt das nicht, Meyer?«

»Durchaus«, erwiderte Meyer. Die Zigarre war von der Marke Weiße Eule. Er notierte sich das im Geiste.

»Er führt ein munteres, abenteuerliches, aufregendes Leben«, sagte O'Brien. »Wenn er nicht in irgendeiner sehr flotten Bar trinkt, fährt er in einem geschlossenen Cadillac, und die Blonde hat die Knie auf den Sitz hochgezogen. Junge, das ist ein Leben! Ich sage Ihnen, Mr. Pullen, die Arbeit eines Detektivs ist durchaus keine Routine.«

»Es klingt sehr viel interessanter als Grundstückshandel«, sagte Pullen.

»Oh, das ist es auch, das ist es. Und das Gehalt ist phantastisch.« Er zwinkerte mit den Augen. »Von Bestechungsgeldern gar nicht zu reden. Glauben Sie nur nicht, was Sie auf dem Schirm sehen. Polizisten, Mr. Pullen, sind keine langweiligen Trottel.«

»Das habe ich auch nie geglaubt«, sagte Pullen. »Es ist bestimmt faszinierend, wie ihr Männer arbeitet.«

»Man sollte glauben, jemand in dem Haus würde gehört haben, wenn zweimal ein Gewehr abgeschossen wird, meinst du nicht, Bob?« sagte Meyer.

»Das würde ich auch meinen. Wenn dies nicht ein Heim für Taubstumme ist.«

»Sind noch andere Wohnungen auf diesem Flur, Mr. Pullen?«

»Da ist noch eine gerade gegenüber der Halle«, erwiderte Pullen. »Ich habe sie selbst vermietet.«

»Wir wollen es dort versuchen, Bob.« Sie durchquerten die Halle und klopften an die Tür. Ein junger Mann mit kurzem Bart und in einem Frottéebademantel öffnete ihnen.

»Ja?« fragte er.

»Polizei«, sagte Meyer. Er wies sein Abzeichen vor.

»Mensch, lassen Sie die Marke«, sagte der Mann im Bademantel.

»Wie ist Ihr Name?« fragte Meyer.

»Der wirkliche oder der Künstlername?«

»Beide.«

»Sid Lefkowitz ist der bürgerliche Titel. Wenn ich auf dem Podium stehe, gebrauche ich den Namen Sid Lef. Kürzer, liebenswürdiger und mit gutem Klang.«

»Welches Podium?«

»Das Musikpodium, Mann.«

»Sind Sie Musiker?«

»Ich blase Gitarre.«

»Welchen Namen ziehen Sie vor?«

»Welchen Sie wollen. Ich bin nicht wählerisch, Mann. Blasen Sie nur Ihren eigenen Chorus nach Belieben.«

»Mr. Lef, hörten Sie irgendwelche Schüsse aus dem Raum gegenüber der Halle?«

»Schüsse? Ach, das war es!«

»Sie hörten sie?«

»Ich hörte etwas. Aber es störte mich nicht. Ich arbeitete an den Saiten.«

»Woran?«

»Symphonie für zwölf Saiteninstrumente. Denken Sie nichts Falsches. Es ist eine Jazz-Symphonie. Ich schreibe sie für drei Gitarren, sechs Violinen, zwei Baßgeigen und ein Piano. Das Piano kommt als poetische Lizenz hinein. Was, zum Teufel, ohne die Saiten auf dem Resonanzboden würde es kein Piano geben. Stimmt das nicht?«

»Sind Sie den Schüssen nachgegangen?«

»Nein. Ich hielt sie für Fehlzündungen. Hier fahren ständig Lastwagen vorbei. Sie schneiden den Weg zur Autobahn durch diese Straße ab. Eine sehr geräuschvolle Gegend. Ich denke daran, auszuziehen. Wie kann ein Mann sich mitten in solchem Radau konzentrieren, was?«

»Haben Sie zufällig gemerkt, wer in jenem Zimmer war?«

»Den Burschen mit der Muspumpe, meinen Sie?«

»Wie?«

»Mit der Muspumpe. Der Posaune. Ein Bursche kam da heraus mit einem Posaunenkasten unter dem Arm.«

»Hatte er sonst noch etwas?«

»Nein. Nur das Horn.«

»Sie sahen es?«

»Ich sah den Kasten. Ein Bursche würde wohl nicht einen leeren Posaunenkasten tragen, nicht wahr? Das heißt eine Gitarre ohne Saiten mit sich schleppen. Das wäre ein bißchen zu ausgefallen, Mann.«

»Haben Sie mit ihm gesprochen?«

»Wechselte ein paar Worte«, erwiderte Lefkowitz. »Die Tür stand offen, als er vorbeiging, und ich bemerkte den Posaunenkasten und fing ein kleines Geschwätz an. Er ging auf eine Nachmittags-Hochzeitstour.«

»Auf was?«

»Eine Tour. Einen Job. Das sagte ich Ihnen doch, nicht wahr? Der Bursche blies Posaune.«

»Wie sah er aus?«

»Ein großer Bursche mit einer gebrochenen Nase. Er hatte dunkles Haar und dunkle Augen. Er rauchte eine Zigarre.«

»Erkennst du ihn, Meyer?« fragte O'Brien.

»Nach der Beschreibung in seinen Akten zu schließen, klingt es, als wäre es unser Mann.« Er wandte sich wieder an Lefkowitz. »Hatte er eine Narbe am rechten Auge?«

»Ich konnte ihn nicht sehr genau sehen«, sagte Lefkowitz. »Es wäre möglich. Ich weiß es nicht.«

»Woher wissen Sie, daß er zu einer Hochzeit ging?«

»Er sagte es. Sagte, er ginge auf eine Hochzeitstour.«

»Sagte er, er ginge bei einer Hochzeit Posaune blasen?«

»Nein. Er sagte nur, er ginge zu einer Hochzeit. Aber warum sonst würde jemand eine Posaune zu einer Hochzeit mitnehmen, wenn nicht um darauf zu blasen?«

»Um welche Zeit war das?«

»Ich weiß nicht. So gegen fünf, schätze ich.«

»In Ordnung. Danke Ihnen sehr, Mr. Lefkowitz.«

»Meinerseits«, sagte Lefkowitz.

»Wie?«

»Das Vergnügen war ganz meinerseits.« Er schloß die Tür.

»Was meinst du?« fragte O'Brien.

»Hast du ein Gewehr in jenem Zimmer gesehen?«

»Nein.«

»Und Lefkowitz sagte, unser Knabe trug nichts als einen Posaunenkasten. Soll ich mal raten?«

»Ich habe es schon geraten«, sagte O'Brien. »Es ist keine Posaune in diesem Kasten. Es ist ein Gewehr.«

»Ja.«

»Und da keine Posaune drin war, liegt es nahe, daß er nicht zu einer Hochzeit ging, um dort zu spielen.«

»Richtig.«

»Und wenn er ein Gewehr zu einer Hochzeit mitnimmt, ist es wahrscheinlich – da er es schon zweimal abgefeuert hat –, daß er es wieder abzuschießen plant.«

»Richtig.«

»Und die einzige Hochzeit, von der ich für heute bestimmt weiß, ist die Hochzeit von Carellas Schwester.«

»Richtig.«

»Also wollen wir dorthin gehen.«

»Tritt aber jemand mitten in eine Hochzeitsfeier mit einem Gewehr unter dem Arm? Ein Gewehr ist nicht gerade die Waffe, die man verstecken kann. Nicht, wenn man sie aus diesem Kasten genommen hat«, sagte Meyer.

»Also?«

»Also glaube ich, er ging nicht zu der Hochzeitsfeier selbst. Ich glaube, vielleicht ging er irgendwo in die Nähe des Hochzeitshauses. So wie er in die Nähe des Fotoateliers kam.«

»Und wo könnte das sein?« fragte O'Brien.

»Ich habe nicht die leiseste Ahnung«, erwiderte Meyer. »Aber wieviel Männer auf der Straße tragen Posaunenkästen, würdest du meinen?«

»Es ist bestimmt faszinierend, wie ihr Burschen arbeitet«, sagte Pullen.

Christine Maxwell saß auf der rückwärtigen Veranda des Carellaschen Hauses und bewegte die Hände nervös im Schoß. Teddy Carella saß neben ihr und beobachtete die Tänzer auf dem improvisierten Parkett. Der Tanz war jetzt wilder als vorher. Nachdem der letzte Gang des Essens serviert worden war, hatte das Trinken im Ernst angefangen. Es war eine Hochzeit, die Gelegenheit, groß zu feiern, und Verwandte aus allen Ecken der Welt tummelten sich dort und wurden ausgelassen. Die Ausgelassenheit rief bei zahlreichen weiblichen Teilnehmern des Festes Bestürzung hervor, aber diese Bestürzung wurde gemildert durch das Wissen, daß dies ein einmaliger Tag war und daß man sich an hastige Küsse, die man sehr entfernten Kusinen raubte, am nächsten Tage kaum erinnern würde. Das einzige, woran man sich wahrscheinlich am nächsten Tage erinnern würde — wenn die Gongs und Hämmer im Schädel zu dröhnen begannen —, würde die Tatsache sein, daß man in der Nacht vorher viel zuviel Alkohol getrunken hatte.

Die Kinder hatten bei diesem Hochzeitsfest gar keine Probleme, es sei denn, man könnte den übermäßigen Genuß von Brauselimonade als Problem betrachten. Das hier war schöner als ein Ausgang in den Stadtpark! Das war aufregender als ein Besuch im Zirkus! Das war besser, als von Captain Video persönlich ein Autogramm zu bekommen. Denn hier konnte man fröhlich und ungebunden auf einem Tanzboden herumlaufen, der glatt ge=

wachst war, ideal zum Gleiten und Schliddern. Hier konnte man sich zwischen den Beinen der Erwachsenen durchwinden, hier gab es – für die frühreifen Elfjährigen – in Korsetts gezwängte Hinterteile, die man kneifen konnte, und einen herrlichen Rasen zum Zertrampeln. Oh, es war wirklich himmlisch.

Christine Maxwell hatte keine so paradiesischen Vorstellungen. Sie saß neben Teddy und fürchtete sich vor dem Moment, in dem Steve Carella sie ausfragen würde. Er glaubte doch wohl nicht, daß *sie* etwas mit des alten Mannes Tod zu tun hatte, nicht wahr? Nein, das war unmöglich. Aber warum wollte er sie dann befragen? Der Gedanke jagte ihr Schrecken ein.

Doch mehr noch als dies erschreckte sie die überraschende Eifersucht, die Cotton Hawes gezeigt hatte. Mutwillig hatte sie ihr freundliches Verhalten zu Jonesy betont, als einen Versuch, Hawes zur gebührenden Anerkennung ihrer offensichtlichen Reize aufzustacheln. Ihr kleines Spiel hatte seine Wirkung nur zu gut getan. Hawes war nicht nur ärgerlich, er war wütend. Und sie liebte ihn doch. Sie würde ihn nicht für hundert oder tausend Jonesys tauschen wollen.

»Ach Teddy«, sagte sie, »was soll ich nur machen?«

Teddys Gesicht wurde augenblicklich hellwach. Der Eindruck, als widme sie ihre völlige Aufmerksamkeit jedem, der zu ihr sprach, mochte vielleicht einfach Illusion sein – sie war schließlich gezwungen, die Lippen des Sprechenden zu beobachten, wenn sie etwas »hören« wollte. Doch die mechanische Notwendigkeit erklärte nicht die völlige Sympathie, die Teddys Ausdruck zeigte, während sie zuhörte. Für den Sprecher war Teddy ein idealer Resonanzboden, ihr Blick, ihr Mund, ihr ganzes Gesicht nahm den Ausdruck von vollkommenem Verständnis an. Jetzt wandte sie leicht den Kopf, ihre Brauen hoben sich ein wenig, die braunen Augen richteten sich auf Christines Mund.

»Ich habe alles verdorben«, sagte Christine, und Teddy lehnte sich näher zu ihr hin, beobachtete ihre Lippen, nickte leicht, damit Christine wüßte, daß sie ihr lausche.

»Ich kenne Cotton noch nicht sehr lange«, sagte Christine. »Ach, vielleicht ein Jahr – aber das heißt nicht sehr lange bei solchen Freundschaften. Er kam damals in meine Buchhandlung, auf der Suche nach einem Schreibpapier, das zu einem Drohbrief gebraucht worden war. Ich habe eine Buchhandlung in Isola.« Sie machte eine Pause. »Er lud mich zum Ausgehen ein, und ich nahm an. Ich habe ihn auch besucht.« Wieder hielt sie inne. »Ich bin Witwe, mußt du wissen. Nicht die professionelle Witwe, so wie manche Mädchen eben professionelle Jungfrauen oder professionelle Mütter sind. Mein Mann war Flieger im zweiten Weltkrieg. Er stürzte über Okinawa ab. Ich brauchte lange Zeit, um darüber hinwegzukommen, aber die Toten bleiben tot, und die Lebenden müssen weiterleben. Also ich bin keine Witwe von Profession, Teddy, und ich bin nicht in Sack und Asche herumgelaufen. Aber ... es war schwer, sich noch einmal zu verlieben. Es war schwer, einen Mann zu finden, der an Greg heranreichen konnte. Und dann kam Cotton ...«

Teddy nickte.

»Und ich verliebte mich wieder.« Sie schwieg. »Ich glaube nicht, daß er mich liebt. Tatsächlich weiß ich das fast sicher. Tatsächlich denke ich, daß Cotton noch nicht so weit ist, sich wirklich mit einer Frau zu verbinden. Aber ich liebe ihn. Und es genügt mir, in seiner Nähe zu sein und von ihm begehrt zu werden. Vorläufig genügt es.« Wieder machte sie eine Pause. »Heute hab ich eine Dummheit begangen. Ich wollte ihn eifersüchtig machen, und vielleicht habe ich ihn verloren. Cotton ist nicht der Mann, den man drängen kann. Teddy, Teddy, was soll ich nur tun? Was, zum Teufel, soll ich machen?«

Sie griff nach der Handtasche in ihrem Schoß, während ihr die Tränen in die Augen kamen. Sie ließ den Verschluß aufschnappen und griff hinein, erwartete das vertraute Gefühl ihres eigenen Täschchens und war überrascht, als ihre Hand auf etwas Hartes und Unbewegliches stieß. Sie starrte in die Tasche.

Ein Smith & Wesson 357 Magnum starrte ihr entgegen.

»Sie sind auf dem Weg hierher, Steve«, sagte Kling, während er den Telefonhörer auflegte. »Ich habe ihnen die Situation erklärt. Sie kommen durch die Nebenstraße herein.«

»Gut«, erwiderte Carella. Er wandte sich wieder Sam Jones zu. »Jetzt wollen wir uns mal etwas ernsthaft unterhalten, nicht wahr, Jonesy?«

Jonesy nickte. Seine Gesicht war noch bleich, und seine Hände zitterten noch.

»Zuerst vor allem, Jonesy, würden Sie mir bitte sagen, wohin Sie heute vormittag gingen, als Sie Tommys Haus angeblich zu einem Spaziergang verließen?«

»Angeblich?«

»Ja, angeblich. Wo gingen Sie hin?«

»Warum?«

»Weil jemand das Verbindungsgelenk zur Steuerung des Cadillac durchsägte und wir einen Unfall hatten, bei dem alle Insassen des Wagens hätten umkommen können. Darum Jonesy.«

»Ich dachte, dieser Unfall –«

»Was dachten Sie?«

»Ich dachte, es sei nur ein Unfall gewesen.«

»Das war es aber nicht. Und, sehr günstig für Sie, Sie befanden sich zu der Zeit nicht im Wagen. Kauften Zigaretten, entsinnen Sie sich? Obgleich Tommy Ihnen seine anbot.«

»Sie glauben doch nicht ...«

»Alles, was ich wissen möchte, ist, wohin Sie spazierengingen, Punktum.«

»Ich weiß es wirklich nicht. Ich war sehr nervös. Ich ging einfach los.«

»Wohin?«

»Ich kam aus dem Haus und trabte los. Ich muß ungefähr einen Kilometer gelaufen sein. Dann kehrte ich wieder um.«

»Jemanden getroffen, als Sie unterwegs waren?«

»Nein.«

»Irgendwo eingekehrt?«

»Nein.«

»Dann haben wir nur Ihr Wort für Ihren Aufenthalt während der Zeit, in der das Verbindungsgelenk durchgesägt werden konnte.«

»Wahrscheinlich . . . wenn Sie das annehmen . . .«

»Was würden *Sie* denn annehmen, Jonesy?«

»Warum sollte ich . . . warum sollte ich so etwas Verrücktes tun wollen?«

In tödlich beiläufigem Ton erwiderte Carella: »Tommy hat ein Testament gemacht, in dem er all sein Eigentum Ihnen hinterläßt.«

»Darum? Um Gottes willen, was, zum Teufel, besitzt er denn schon?«

»Ja, was besitzt er, Jonesy?«

»Wie soll ich das wissen? Er ist kein reicher Mann, das ist mal sicher. Wenn er stirbt, gibt es vielleicht etwas Geld für seine GI-Versicherungspolice. Und er hat einen Buick von 1958 und wahrscheinlich ein kleines Sparkonto. Aber das ist auch alles, soviel ich weiß.«

»Sie scheinen eine ganze Menge darüber zu wissen.«

»Na, ich bin sein bester Freund, warum soll ich es nicht wissen? Außerdem ist es auch nichts, was man geheimhalten müßte. Gott, ihr denkt doch nicht, daß ich Tommy würde umbringen wollen — Tommy! Meinen besten Freund! — wegen ein paar tausend Dollar, nicht wahr?«

»So etwas ist schon wegen weniger Geld passiert«, sagte Carella. »Zwischen Ehemännern und Ehefrauen. Zwischen Müttern und Söhnen. Manche Leute lieben Geld, Jonesy.«

»Ja, aber . . . ihr seid auf der falschen Fährte. Ich könnte so etwas nie tun.«

»Da ist Tommys Testament.«

»Er ist jetzt doch verheiratet. Er wird es ändern, sobald er von den Flitterwochen zurück ist.«

»Was ein verdammt guter Grund sein könnte, ihn jetzt umzubringen«, sagte Kling.

»Hört mal, ihr Burschen seid verrückt«, sagte Jonesy. »Ich könnte es nicht. Ich könnte einfach so etwas nicht tun. Ihr denkt, ich könnte Birnbaum umbringen? Einen netten alten Mann, den ich seit meinen Kinderzeiten kannte? Ihr glaubt, ich könnte so etwas tun?«

»Irgend jemand hat so etwas getan«, sagte Carella.

»Aber nicht ich. Warum sollte ich auch?« Er schwieg und sah die Detektive prüfend an. »Um Himmels willen, würde ich den einzigen lebenden Zeugen für diese Testamente umbringen? Scheint euch das vernünftig?«

»Da hat er einen Punkt gewonnen, Steve«, sagte Kling.

»Hört mal, ich sage euch«, fuhr Jonesy fort, »ich hatte weder mit Birnbaum . . .«

Es wurde heftig an die Tür geklopft. Christine Maxwell wartete nicht, bis jemand öffnete. Sie riß die Tür auf und stürzte ins Zimmer, die Magnum schwenkend.

»Das fand ich in meiner Handtasche«, rief sie. »Nicht in meiner Tasche. Ein Mädchen nahm zufällig meine. Im Schlafzimmer. Sie ließ diese hier zurück. Ich glaubte, es wäre . . .«

»Langsam, langsam«, sagte Carella.

». . . meine Tasche, und ich machte sie auf und wollte mir ein Taschentuch herausnehmen, und dies war drin.« Sie schwenkte wieder die Waffe.

»Hör auf, mit dem verdammten Ding herumzufuchteln. Es könnte geladen sein!« rief Carella und nahm ihr den Revolver ab. Dann nickte er. »Das ist er, Bert«, sagte er. Er schnüffelte an dem Lauf. »Wir brauchen nicht länger nach dem Revolver zu suchen, mit dem Birnbaum getötet wurde.« Er wandte sich an Christine. »Sie sagten, dies war in Ihrer Handtasche?«

»Nein. Ich dachte nur, es sei meine Tasche. Ein blondes Mädchen war mit mir zusammen dort. Sie muß aus Versehen meine Tasche genommen haben. Sie ließ diese hier zurück.«

»Eine Blondine?« fragte Kling.

»Ja.«

»Wie sah sie aus?«

»Ein sehr großes Mädchen«, sagte Christine, »in einem roten Seidenkleid.«

»Verdammt!« rief Kling. »Mit der habe ich ja getanzt.«

»Wir wollen sie suchen«, sagte Carella und ging zur Tür.

»Sie ist jetzt vermutlich Millionen Meilen ...« begann Kling, aber in diesem Moment trat Tommy Giordano atemlos ins Zimmer.

»Steve!« rief er. »Steve, ich bin ... ich werde noch verrückt vor Angst.«

»Was ist los?« fragte Carella.

»Angela! Ich kann sie nirgends finden. Sie ist verschwunden!«

11

Die Luft roch stark nach Zigarrenrauch.

Ein langer Lichtbalken war da, weit weg, und ein dunkler Umriß vor diesem stechenden Strahl.

Und dann Schmerz, ein furchtbarer Schmerz, der pochte und vibrierte und mit tausend schrillen Stimmen schrie.

Und Wärme, dick und flüssig, die sickerte und sickerte.

Cotton Hawes kämpfte gegen die Bewußtlosigkeit.

Er hatte das Gefühl, als ob sein ganzer Körper bebte. Er hatte das Gefühl, als ob jeder Teil von ihm in einem wilden, übelkeiterregenden Kreisen von Schwärze schwang. Irgendein innerer Sinn sagte ihm, daß er flach auf dem Rücken lag, und doch hatte er das Gefühl, als ob seine Hände griffen, packten, versuchten, etwas zu erreichen in der Schwärze, als ob seine Beine und Füße unbeherrschbar zuckten. Der Schmerz in der einen Gesichtshälfte war unerträglich. Es war dieser Schmerz, der endlich die Bewußtlosigkeit verdrängte, der – beharrlich und peinigend wie glühende Nadeln – Bewußtsein in seinen Geist und dann in seinen Körper zwang. Er blinzelte in die Helle.

Der Zigarrenrauch war übermächtig. Er füllte seine wieder witternde Nase mit dem Qualm von tausend Kneipen. Der Lichtstrahl schien scharf und unbarmherzig, er floß stetig durch ein offenes Fenster am Ende des Zimmers und durchbohrte Hawes mit Sonne. An dem Fenster stand ein Mann, mit dem Rücken zu Hawes.

Hawes versuchte, auf die Füße zu kommen, und die Übelkeit kehrte erschreckend plötzlich zurück, überschwemmte seinen Kopf und fiel dann wie ein wirbelnder Stein auf den Grund seines Magens. Da lag er still, wagte nicht, sich zu rühren, wußte jetzt, daß sein Gesicht auf einer Seite blutete, erinnerte sich jetzt des jähen, blendenden Schlages, der ihn bewußtlos zu Boden gestreckt hatte. Dann verging die Übelkeit. Er spürte das ständige Rieseln des Blutes, wie es über seine Kinnbacken und weiter zum Halse rann. Er konnte fast jeden Blutstropfen einzeln fühlen, der über seine Haut rollte und sofort von seinem weißen Hemdkragen aufgesogen wurde. Er fühlte sich, als ob er eben geboren würde, überempfindlich gegen jede Nuance von Geruch und Anblick und Berührung. Und er war auch so schwach wie ein Neugeborenes. Er wußte, er konnte nicht stehen, er würde glatt umfallen.

Er drehte den Kopf ein wenig nach links. Er konnte jetzt den Mann am Fenster deutlich sehen, und alle Einzelteile des Bildes fügten sich zu einem scharf umrissenen Porträt von Kraft zusammen, wie der Mann da am Fenster hockte und der spätnachmittägliche Sonnenschein seine Silhouette mit weißlich züngelnden Lichtflämmchen säumte.

Der Mann hatte schwarzes Haar und trug es kurz und dicht am Schädel anliegend wie eine knappsitzende Wollmütze. Im Profil wirkte die Stirn des Mannes riesig, eine Hakennase sprang zwischen buschigen, gerunzelten Augenbrauen vor. Dicht am rechten Auge hob sich eine kleine Narbe scharf wie ein Relief von der gespannten Haut ab. Der Mund des Mannes war eine schmale, fast lippenlose Linie, die tief ins Gesicht schnitt, über einem Kinn, das wuchtig und gespalten war wie eine Pferdekruppe. Sein Hals war dick, und die Schultern wölbten sich mächtig unter dem blauen Sporthemd, das er trug; ungeheure Muskeln rollten bis in dicke Unterarme, die mit schwarzem Haar bedeckt waren, das wie Stahlwolle aussah. Eine riesige Hand umklammerte den Lauf eines Gewehrs. Das Gewehr, bemerkte Hawes, war mit einem Zielfernrohr versehen. Eine offene Schachtel mit Patronen stand neben dem rechten Fuß des Mannes.

Das ist nicht jemand, mit dem ich es in meinem jetzigen Zustand aufnehmen könnte. Das ist vielleicht jemand, mit dem man in keinerlei Zustand anbinden sollte. Er sieht aus, als ob er Telefonbücher im ganzen zu Fetzen zerreißen könnte. Er sieht aus wie ein Mann, der sich Autos über die aufgepumpte Brust fahren läßt. Er sieht aus wie das gemeinste Biest, das mir je vor Augen gekommen ist, und ich bin nicht wild darauf, mit ihm ins Handgemenge zu geraten. Jetzt nicht, und möglichst nie.

Aber das ist ein Gewehr, was er da hält; und es hat ein Zielfernrohr; und es ist verdammt sicher, daß er es nicht als Zahnstocher gebrauchen will.

Habe ich noch meinen Revolver? Oder hat er mich entwaffnet?

Hawes blickte an seiner Nase vorbei nach unten.

Er konnte seinen weißen, blutbefleckten Hemdkragen sehen. Er konnte seinen Schulterhalfter sehen, der unter dem offenen Rock um die Brust geschnallt war.

Der Halfter war leer.

Ich kann nichts anderes tun, als hier liegenbleiben, dachte er, und darauf warten, daß meine Kräfte wiederkehren.

Und inzwischen beten, daß er nicht quer über den Garten auf jemand von der Hochzeitsgesellschaft schießt.

Das schwarze MG-Kabriolett war ein Geschenk von Ben Darcys Eltern. Da sie von seiner heimlichen Absicht, den zahnärztlichen Kursus zu besuchen, nichts wußten, hatten sie ihm den wendigen Sportwagen als eine Art Bestechung offeriert. Ben hatte die Bestechung angenommen und dann seine zahnärztliche Ausbildung begonnen, genau, wie er es geplant hatte, und alle Beteiligten waren glücklich.

Der Wagen konnte auf gerader Strecke recht hohe Geschwindigkeiten erreichen, und im Moment tat Ben sein Möglichstes, um zu beweisen, daß die Versprechungen der Fabrikanten richtig waren. Mit herabgelassenem Verdeck, seinen Fuß kräftig auf den Gashebel gepreßt, sauste er den Semplar Parkway in dem kleinen Tempo von fünfundachtzig Meilen die Stunde entlang.

Neben ihm saß Angela Giordano, geborene Carella; während das lange braune Haar ihr über die Schulter zurückwehte, beobachtete sie mit weitaufgerissenen Augen die Straße, überzeugt, sie würde an ihrem Hochzeitstag ums Leben kommen.

»Ben, kannst du nicht langsamer fahren?« bat sie.

»Ich fahre gern schnell«, antwortete er. »Angela, du mußt mir zuhören.«

»Ich höre ja, Ben, aber ich habe Angst. Wenn ein anderer Wagen ...«

»Bei mir brauchst du dir keine Sorgen zu machen!« gab er scharf zurück. »Ich bin der verdammt beste Fahrer in Riverhead. Du könntest nicht in besseren Händen sein.«

»Schon gut, Ben«, sagte sie, verkrampfte die Hände im Schoß, schluckte schwer und sah weiter auf die Straße.

»Du hast ihn also geheiratet«, sagte Ben.

»Ja.«

»Warum?«

»Ach, Ben, wirklich, wir haben über das alles doch schon beim Tanzen gesprochen. Ich wäre nicht mit dir gekommen, wenn ich gewußt hätte ...«

»Warum bist du mitgekommen?« fragte er rasch.

»Weil du sagtest, du wolltest mich zum letztenmal auf eine Tour mitnehmen. Eine Fahrt rund um den Block, hast du gesagt. Gut, ich habe dir geglaubt. Aber wir fahren jetzt nicht rund um den Block, wir sind auf der Autostraße, die in den nächsten Staat führt, und du fährst viel zu schnell. Kannst du nicht bitte langsamer fahren!«

»Nein«, sagte er. »Warum hast du ihn geheiratet?«

»Weil ich ihn liebe. Genügt dir das?«

»Ich glaube dir nicht.«

»Glaube mir doch. Bitte, glaube mir.«

»Ich glaube dir nicht. Wie kannst du ihn lieben? Einen Bankbuchhalter! Um Gottes willen, Angela, er ist ein Bankbuchhalter!«

»Ich liebe ihn.«

»Was kann er dir bieten? Was wird er dir je bieten können?«

»Er braucht mir nichts zu bieten«, sagte Angela. »Ich liebe ihn.«

»Ich sehe besser aus als er«, sagte Ben.

»Mag sein.«

»Ich werde Zahnarzt.«

»Ja.«

»Warum heiratest du gerade ihn?«

»Ben, bitte, bitte, fahre langsamer. Ich bin . . .« Ihre Augen öff=neten sich weit. »Ben! Paß auf!«

Ein Buick schleuderte plötzlich auf Bens Seite der Fahrbahn, beim Überholen eines langsameren Wagens vor ihm. Er kam an=gebraust wie eine Lokomotive, konnte wegen des überholten Wa=gens nicht rückwärts ausweichen; zur Weiterfahrt gezwungen, war er entschlossen, die Sicherheit seiner eigenen Fahrbahn durch eine weitere Steigerung der Geschwindigkeit zu erreichen. Ben er=kannte die Unmöglichkeit der Situation. Er drehte das Steuer scharf nach rechts, um auf das Gras am Rand der Straße zu kom=men. Der Buick zischte mit dem Brüllen eines stürzenden Düsen=jägers vorbei, während der kleine MG nur knapp der ausladenden Stoßstange des größeren Wagens entging, als er den steil anstei=genden Grashang erklomm. Dann warf Ben das Steuer wieder herum, und der Wagen machte eine scharfe kurze Wendung nach links. Einen Augenblick glaubte Angela, er würde sich überschla=gen. Die Reifen kreischten, als er wieder auf den Beton kam, ins Schleudern geriet und dann, der Straßenmitte gegenüber, wieder geradelag. Ben trat sofort auf den Gashebel. Die Tachometernadel stieg auf neunzig.

Angela konnte nicht sprechen. Sie saß neben ihm und japste nach Luft. Und schließlich schloß sie die Augen. Sie wollte nichts sehen. Sie konnte nicht mehr.

»Es ist noch nicht zu spät«, sagte Ben.

Seine Stimme summte in ihren Ohren, drang durch das Sausen der Luft in dem offenen Sportwagen. Ihre Augen blieben geschlos=sen, und seine Stimme klang ihr sonderbar, tief und unheilvoll, summte eintönig immer weiter.

»Es ist noch nicht zu spät. Du kannst noch heraus. Du kannst es für ungültig erklären lassen. Er ist nicht der Richtige für dich, Angela. Du würdest das auf jeden Fall merken. Mach dich von ihm los, Angela. Ich liebe dich, Angela. Du kannst es für ungültig erklären lassen.«

Sie schüttelte den Kopf, die Augen fest geschlossen.

»Geh nicht mit ihm auf Flitterwochen, Angela. Geh nicht mit ihm. Sag ihm, du hättest dich geirrt. Es ist noch nicht zu spät. Du würdest damit richtig handeln. Sonst . . .«

Sie schüttelte wieder den Kopf und murmelte schwach: »Ben, bring mich zurück.«

»Ich werde auf dich warten, Angela. Mach dich von ihm los. Er ist nicht der Richtige für dich. Tu es, Angela. Sag es ihm, sag es ihm.«

»Ben, bring mich zurück«, murmelte sie. »Bitte bring mich zurück! Bitte! Bitte! Bitte, bitte, bitte . . .«

»Wirst du es ihm sagen? Wirst du ihm sagen, daß du es ungültig machen willst?«

»Ben, bitte, bitte . . .«

»Wirst du es?«

»Ja«, sagte sie. »Ich werde es ihm sagen.« Es war ihr gleich, daß sie log. Sie wollte nur den Alpdruck dieser Fahrt beenden, wollte nur fort von dem Mann an ihrer Seite. »Ja«, log sie noch einmal und legte Nachdruck und Überzeugung in die Lüge. »Ja, bring mich zurück, und ich werde es ihm sagen. Bring mich zurück, Ben.«

»Ich glaube dir nicht. Du hast nicht wirklich die Absicht, es ihm zu sagen.«

»Doch!«

»Liebst du mich?«

Sie konnte nicht antworten.

»Liebst du mich?«

»Nein«, rief sie, und plötzlich begann sie bitterlich zu weinen. »Ich liebe Tommy, ich liebe Tommy! Warum tust du mir das an, Ben? Warum quälst du mich so? Wenn du mich je geliebt hast, dann bring mich nach Hause! Bitte, bring mich nach Hause!«

»Schon gut«, sagte er plötzlich scharf. Er fuhr langsamer, machte mit quietschenden Reifen eine haarscharfe Wendung, dann drückte sein Fuß wieder auf den Gashebel. Angela sah nicht auf den Geschwindigkeitsmesser.

Als der MG vor dem Carellaschen Hause hielt, wartete Tommy am Straßenrand. Angela sprang aus dem Wagen und stürzte in seine Arme, und er drückte sie einen Augenblick an sich und sagte dann: »Was, zum Teufel, soll das bedeuten, Ben?«

»Es war nur ein Hochzeitsscherz«, sagte Ben und grinste schwach. »Entführung der Braut, verstehst du? Nur ein Scherz.«

»Du hast einen ganz verfluchten Sinn für Humor. Du kannst froh sein, wenn ich dich nicht glatt zu Boden schlage. Du hast uns hier alle verrückt gemacht, bis wir merkten, daß dein Wagen fort war. Gottverdammich, Ben, ich finde das kein bißchen komisch. Ich finde das überhaupt nicht komisch. Verflucht, ich glaube, ich werde dir doch in den Hintern treten!«

»Hör mal, wo bleibt dein Sinn für Humor?« sagte Ben, und er grinste wieder etwas mühsam.

»Ach, scher dich zum Teufel, du Idiot«, erwiderte Tommy. Er legte den Arm um Angela. »Komm, Liebling.«

»Meinst du, ich soll nach Hause gehen?« fragte Ben kindisch.

»Geh, bleib, tu was du willst. Nur komm Angela nicht in die Nähe.«

»Ich habe nur Spaß gemacht«, sagte Ben.

Den Männern, die um die Leiche des Nachbars Birnbaum standen, war durchaus nicht spaßhaft zumute. Mord stimmte so gar nicht zu Fröhlichkeit. Ganz gleich, wann oder wo er geschah, er wirkte stets scheußlich. Manche erklärten, am gräßlichsten sei ein Mord, wenn man im ersten Morgengrauen dazugeholt wurde. Andere haßten Morde am frühen Abend. Aber jeder Mord schien am scheußlichsten, wenn er eben geschah; und alle Männer, die jetzt auf Birnbaums leblose Gestalt hinunterblickten, waren sich darüber einig – wenn sie es auch nicht aussprachen –, daß der späte Nachmittag die schlimmste Zeit für einen Mord sei.

Das 112. Revier hatte einen Detektiv herübergeschickt, weil der Mord in seinem Dienstbereich begangen worden war und weil der Fall von nun ab offiziell von ihm bearbeitet werden würde. Das Morddezernat, darüber informiert, daß sich vier zuverlässige Detektive am Tatort befanden, beschloß, niemand mehr zu schicken. Aber ein Polizeifotograf machte sorgfältig Aufnahmen der Leiche, wenn er dabei auch nicht, wie Jody Lewis, so lebhaft umhersprang wie ein Grashüpfer. Der Polizeiarzt erklärte Birnbaum offiziell für tot und instruierte die Bahrenträger, wie sie ihn zu dem Leichenwagen tragen sollten, der auf der Straße gegenüber Birnbaums Haus wartete. Einige Jungens vom Laboratorium waren ebenfalls in Erscheinung getreten, und sie versuchten jetzt Fußabdrücke zu finden, von denen sie Abgüsse machen könnten. Alles in allem war jeder ziemlich beschäftigt, die Fakten eines jähen und gewaltsamen Todes zusammenzutragen. Unglücklicherweise war niemand gezwungen, ein Telefon zu benützen. Hätte sich diese Notwendigkeit ergeben, wäre der eine oder andere der Männer vielleicht in Birnbaums Haus gegangen, das keine fünfzig Fuß von der schützenden Linie des Gebüschs stand, hinter dem sie tätig waren.

Im Dachraum des Birnbaumschen Hauses fühlte Cotton Hawes inzwischen seine Kräfte wiederkehren. Die letzten zehn Minuten hatte er still dagelegen, während seine Augen von einem Winkel der Kammer zum anderen glitten und dann wieder zurück zu dem geduldig wartenden Schrank von Mann, der am Fenster hockte. Die Kammer war mit abgelegtem Hausrat angefüllt: Stapeln von alten Zeitschriften, einem grünen Koffer, auf dem mit weißer Farbe »Camp Idlemere« stand, einer Schneiderpuppe, einem Rasenmäher ohne Klingen, einem Hammer, einem Armeerucksack, einem Radio mit eingedrückter Vorderfront, drei Fotoalben und zahlreichen anderen Gegenständen, die zweifellos das geschäftige Familienleben behindert hatten.

Der einzige Gegenstand, der Hawes interessierte, war der Hammer.

Er lag oben auf dem Koffer, etwa vier Fuß von ihm entfernt.

Wenn er den Hammer erreichen konnte, ohne gehört oder gesehen zu werden, würde er ihn prompt auf den Schädel des Schützen sausen lassen. Vorausgesetzt, daß der Schütze sich nicht vorher umdrehte und ihn erschoß. Es würde nicht allzu angenehm sein, auf kurze Entfernung mit einem Gewehr erschossen zu werden.

Also, wann? fragte Hawes sich selbst.

Nicht jetzt. Noch bin ich nicht stark genug.

Du wirst niemals stärker werden, dachte Hawes. *Hast du Angst vor diesem großen Schwein, das am Fenster hockt?*

Ja.

Was?

Ja, ich habe Angst vor ihm. Er kann mich mitten durchbrechen, selbst wenn er nicht sein Gewehr gebraucht. Und er wird es wahrscheinlich gebrauchen. Darum habe ich Angst vor ihm, und zum Teufel mit dir.

Vorwärts, Feigling, dachte Hawes. *Fangen wir an mit dem Spiel um den Hammer. Es gibt keine Zeit außer der Gegenwart, sagte der Mann.*

Der Mann mußte auch keinem Neandertaler gegenübertreten.

Hör mal, sind wir . . .

Schon gut, schon gut, fangen wir an.

Leise rollte er sich auf die Seite. Der Schütze wandte sich nicht um. Er rollte weiter, brachte diesmal eine volle Drehung zustande und kam dicht neben den Koffer zu liegen. Er schluckte schwer, er langte nach dem Hammer. Lautlos ließ er ihn von dem Koffer gleiten und packte ihn fest mit der rechten Hand.

Er schluckte wieder und hob sich auf die Knie.

Okay, dachte er, wir überraschen ihn jetzt, mit erhobenem Hammer. Wir knacken seinen Schädel, ehe er weiß, wie ihm geschieht.

Fertig?

Er ging in die Hocke.

Bereit?

Er stand auf und hob den Hammer hoch.

Los!

Er machte einen Schritt vorwärts.

Plötzlich öffnete sich hinter ihm die Tür.

»Halt, Mister!« rief eine Stimme, und er wirbelte herum und stand einer großen Blondine im roten Seidenkleid gegenüber. Als er sie ansprang, griff sie in ihre Handtasche.

12

Man konnte von Cotton Hawes nicht sagen, daß er für gewöhnlich nicht gern einen Ringkampf mit einer Blondine von solchen Proportionen aufgenommen hätte. Denn das war wahrhaftig eine Blondine! Da hatte man was in der Hand und im Arm und fürs Auge; das war das Bild, das automatisch in der Phantasie auftauchte, wann immer jemand die Zauberworte murmelte: Eine füllige Blondine.

Auf einem Laufsteg in Union City hätte dieses Mädchen einen Herzanfall verursacht. Abgelebte Glatzköpfe wären zitternd erbleicht.

Auf der traditionellen Broadwaybühne hättte dieses Mädchen das ganze Theater entflammt, das Publikum umgeschmissen und die Kritiker veranlaßt, an ihre Schreibmaschinen zu eilen, um begeisterte Besprechungen zu hämmern.

In einem Schlafzimmer – bei diesem Gedanken überschlug sich Hawes' Phantasie.

Aber unglücklicherweise befand sich dieses Mädchen nicht auf einem Laufsteg oder auf einer Bühne oder in einem Bett. Dieses Mädchen stand im Eingang zu einem Raum, der nicht größer war als die Schlafkoje in einem Pullmanwagen. Dies Mädchen wollte offensichtlich keinen anderen umschmeißen als Hawes. Sie griff in ihre Handtasche mit der Entschlossenheit einer Wüstenratte, die nach Wasser gräbt, und dann stockte ihre Hand und ein erstaunter Ausdruck glitt über ihre lieblichen Züge. In deutlichem kristallklarem, damenhaftem Ton schrie sie: »Verdammt noch mal, wo ist meine Kanone?« Und Hawes sprang sie an.

Im selben Moment drehte sich der Schütze am Fenster um.

Das Mädchen war ganz Fleisch und sehr weitläufig. Es war auch ganz Zähne und Krallen. Es grub zwei Reihen Zähne in Hawes' Hand, als er darum kämpfte, sie zu packen, und dann griffen die Nägel wild aus und zerkratzten die unverletzte Seite seines Gesichts. Der Schütze kam näher und schrie: »Geh fort von ihm, Oona! Ich kann nichts tun, wenn du ...«

Hawes wollte das Mädchen nicht verletzen. Er wollte es vor allem nicht mit dem Hammer treffen. Aber der Hammer war die einzige Waffe, die er besaß, und er überlegte richtig: wenn das Mädchen sich von ihm entfernte, würde der Neandertaler ihn entweder mit dem Lauf des Gewehrs zu Boden schlagen oder, schlimmer noch, ein paar Kugeln in seine Brust pflanzen. Keine der beiden Aussichten schien besonders einladend. Die Blondine selbst war nicht im mindesten einladend. Während sie sich in seinen Armen wand, versetzte sie ihm einen Fausthieb, der ihm fast das rechte Auge ausschlug. Er zwinkerte vor Schmerz und holte mit dem Hammer nach ihr aus, aber sie duckte sich unter dem Schlag fort und stieß ihm ihr Knie in die Leiste, ein alter Trick, den sie vermutlich schon in der Schule gelernt hatte, so perfekt führte sie ihn aus. Hawes war schon früher getreten worden. Er war auch schon in die Leiste getreten worden. Seine Reaktion, so entdeckte er, blieb dabei immer dieselbe. Er knickte zusammen vor Schmerz. Aber diesmal, als er zusammenknickte, klammerte er sich an die Blondine, weil die Blondine seine Lebensversicherung war. Solange ihr heißer Körper dicht an seinem blieb, war der Schütze machtlos. Hawes klammerte sich an sie, und er packte sie vorn am Kleid, und das gab unter seiner Hand nach und riß in einem langen Streifen, der den weißen Büstenhalter der Blondine freigab und dreiviertel ihrer linken Brust.

Der Stoff riß weiter, die Blonde wurde abgewickelt wie ein Wollknäuel in den Pfoten eines spielenden Kätzchens. Er schwang wieder den Hammer, traf sie auf die Schulter, stoppte ihre Bewegung, sich wiederum anklammernd, faßte diesmal Fleisch, und seine Finger packten fest zu, als er sie an sich zog. Das Kleid der

Blonden war jetzt bis zur Mitte zerrissen, aber Hawes interessierte sich nicht für ihre Anatomie. Hawes war nur daran interessiert, sie mit dem Hammer zu treffen. Er schwang sie herum, und ihre Rückseite prallte hart gegen ihn, ein solider, muskulöser Rücken. Er griff mit einem Arm um ihren Hals, sein Ellenbogen bettete sich zwischen die fleischigen Hügel ihrer Brüste, und er hob wieder die Hand mit dem Hammer, und das Mädchen wandte einen anderen alten Schultrick an.

Sie beugte sich in den Knien und schoß dann plötzlich aufwärts, und mit der Kraft eines Kolbens rammte sich ihr Kopf gegen Hawes' Kinn. Sein Arm sank herab. Das Mädchen drehte sich um und sprang ihn an, eine fast nackte Furie, die ihm die Augen auskratzen wollte. Er schwang den Hammer. Er traf ihren rechten Arm, und sie griff mit schmerzverzerrtem Gesicht danach.

»Du Schweinehund!« zischte sie, und dann langte sie nach unten, das Knie gehoben, den Rock zurückgestreift über Beine, die sich in einem Bikini an der französischen Riviera ausgezeichnet gemacht hätten, und dann zog sie einen ihrer hochhackigen Pumps aus und kam auf Hawes zu, den Schuh umklammernd wie eine Keule.

»Zum Teufel, geh weg von ihm!« rief der Schütze, aber das Mädchen wollte den Kampf nicht aufgeben. Sie umkreisten sich wie Ringer, die Brust des Mädchens hob sich schwer in dem kaum vorhandenen Büstenhalter, Hawes japste nach Luft, und während der eine den Hammer, der andere den hochhackigen Schuh erhoben hielt, suchten sie nach einer Gelegenheit zum Angriff. Das Mädchen fletschte die Zähne, als ob es Hawes damit zerreißen wollte.

Sie schlug mit dem Schuh eine Finte, und er hob den linken Arm, um den Schlag abzufangen, aber da wich sie rasch zur Seite, und er sah nur noch den roten Schuh auf sich zuschwirren, fühlte nur den knirschenden Schmerz, als der dolchscharfe Absatz seine Schläfe traf. Er fühlte, wie sich seine Finger vom Stiel des Hammers lösten. Er fühlte, wie er vornübersank. Er streckte die Arme vor, um seinen Fall aufzuhalten, und das Mädchen packte ihn, sein Kopf prallte gegen ihre Schulter, glitt ab, und er fühlte einen

Moment das warme Kissen ihrer Brust, ehe sie ihn wütend von sich stieß.

Er schlug zu Boden, und sein letzter, beschämter Gedanke war: ein Mädchen! Jesus, ein Mädchen . . .

Junge oder Mädchen, das Baby trommelte Sturm.

Teddy Carella, die neben ihrem Schwiegervater saß, der natürlich zuviel getrunken hatte, konnte sich nicht erinnern, daß der zu erwartende Erbe je einen solchen Aufruhr erhoben hatte.

Es war schwierig für sie, die nahende Dämmerung zu genießen, wenn ihr Kind, – der Sohn oder die Tochter – seine Abendgymnastik machte. Immer wieder stieß das Baby sie heftig, und sie fuhr bei den plötzlichen Stößen zusammen, überzeugt davon, daß alle Hochzeitsgäste merkten, wie sie unruhig hin und her rutschte. Das Baby schien tausend Füße zu haben, Gott behüte! Es stieß sie hoch oben im Bauch, dicht unter der Brust und dann wieder tiefer, in der Gegend des Beckens, und sie war überzeugt, es hatte einen Purzelbaum in ihrem Leib geschlagen, so weit voneinander entfernt kamen die Stöße.

Nächste Woche wird es vorüber sein, dachte sie, und sie seufzte. Keine Rückenschmerzen mehr. Keine Kinder mehr, die auf der Straße mit den Fingern auf mich zeigen. Hallo, Lady, wann geht der Ballon hoch? Haha, sehr komisch. Sie sah über den Tanzboden. Der Rotkopf aus Teaneck oder Gowanus oder woher auch immer hatte sich an ein neues männliches Wesen gehängt, aber das half Teddy nicht viel. Steve war in den letzten paar Stunden nicht in ihrer Nähe gewesen, und sie fragte sich jetzt, was ihn so beschäftigt haben könnte. Natürlich, es war die Hochzeit seiner Schwester, und sie nahm an, er war verpflichtet, ein wenig den Gastgeber zu spielen. Aber warum hatte Tommy ihn heute so früh am Morgen angerufen? Und was machten Bert und Cotton hier? Mit dem Instinkt einer Polizistenfrau wußte sie, daß etwas in der Luft lag – aber sie wußte nicht genau was.

Das Baby stieß sie wieder. Verdammt, dachte sie, ich wünschte, du würdest das lassen.

Tony Carella hatte eine Menge Whisky und eine Menge Wein und eine Menge Champagner getrunken. Soviel hatte er seit Steves Hochzeit nicht getrunken, und das lag Jahre zurück.

In der Wärme seines Rausches gefiel ihm sogar die Firma Hochzeitsfeste=GmbH. Es waren wirklich nette Burschen. Die Sache war alles Geld wert, das er ihnen zahlte. O Madonna, und wieviel er ihnen zahlte! Aber es war das Geld wert. Jeden Penny. Es waren nette Jungens, allesamt. Man sehe nur den hübschen Tanzboden, den sie gebaut hatten, indem sie diese große flache Tribüne hereinbrachten und sie richtig mitten auf seinen Rasen legten. *Santa Maria,* mein Rasen! Aber es waren doch nette Jungens. Und das hübsche Ding, das sie für das Feuerwerk gebaut hatten, am Ende seines Gartens. Es würde ein schönes Feuerwerk werden. Er liebte die Hochzeitsfeste=GmbH. Er liebte seine Frau. Er liebte seinen Sohn und seine Schwiegertochter und seine Tochter und seinen Schwiegersohn. Er liebte alle Welt. Und er liebte Birnbaum.

Aber wo war Birnbaum?

Warum saß Birnbaum nicht neben ihm, an diesem Freudentag, und trank Wein und Champagner? So wie er Birnbaum kannte, würde der alte Mann vermutlich irgendwo in einer Ecke sitzen und weinen.

Mein alter Freund, dachte Tony, er weint.

Ich will ihn suchen gehen. Ich will ihn suchen und ihm eine Zigarre anbieten.

Er erhob sich eben aus seinem Stuhl, als er den Schrei vom Rande des Gartens hörte.

Carella war mit den Jungens vom 112. Revier, mit dem Fotografen, dem Polizeiarzt und den Laboratoriumsassistenten fertig geworden und hatte sich die ganze Zeit gewundert, wo Cotton Hawes geblieben war. Er hatte Cotton gebeten, bei der Leiche zu bleiben. Nun, die Leiche war jetzt fort — und fast alle, die damit zu tun gehabt hatten, waren auch fort. Und fort war auch Cotton.

Aber wo?

Er hatte mit Hawes noch nicht allzu lange gearbeitet, aber er war überzeugt, der Mann würde sich nicht so kindisch benehmen, seinen Platz zu verlassen. Allerdings war er ein Weilchen vorher ziemlich ärgerlich gewesen. Und Christine, so klug sie auch war, hatte diesen Ärger provoziert. Sie hatte Cotton in Hitze bringen wollen, und das war ihr gelungen, aber sie war dabei über eine Leiche gestolpert, was beweist, daß ihr nicht mit dem Feuer spielen solltet, Mädchen.

Aber würde Cotton von ihr fortgegangen sein?

Es war möglich. Carella mußte zugeben, daß es entschieden möglich war. Man konnte über das Verhalten von Mädchen und Männern nichts voraussagen. Er hatte manch einen Selbstmord erlebt, bei dem ein anscheinend vernünftiger junger Mann sich aus dem nächsten Hotelfenster gestürzt hatte, weil ein süßes junges Ding in Röckchen ihm ein Rendezvous verweigerte. Ja, man stelle sich seine eigene Teddy vor. Ärgerlich, weil er mit diesem Mädchen aus Flemington getanzt hatte. Gott, das war sehr lange Zeit her, und er konnte sich an jede Einzelheit jener Nacht erinnern, als ob es heute wäre. Faye, ja, sie war wunderbar gewesen, wunderbar . . .

Hallo, genug.

Immer ruhig, mein Junge.

Er sah Teddy neben seinem Vater sitzen. Er grinste und ging auf sie zu.

Zwischen den Bäumen hinter sich hörte er jemand schreien: »Hilfe! Hilfe!«

Er wirbelte herum und setzte sich in Trab, brach in die Büsche. Er hatte seinen Dienstrevolver in der Faust, ehe er noch drei Schritt weit eingedrungen war.

Die Jungens hatten an der Ecke gestanden und alle Mädchen beobachtet, die vorbeigingen. Sie hatten dort den ganzen Nachmittag gestanden, sagten sie. Sie hatten direkt unter demselben Laternenpfahl dicht neben der Hochbahnstation gestanden. Nur so dagestanden. Nur die Mädchen beobachtet. Der Juni war eine günstige Zeit, Mädchen zu beobachten, sagten die Jungens.

»Habt ihr zufällig die Leute bemerkt, die vom Zug herunterkamen?« fragte Meyer.

»Ja, wir haben die Mädchen bemerkt«, antworteten die Jungens.

»Habt ihr sonst jemand bemerkt?«

»Ja«, sagten die Jungens, »aber vor allem haben wir die Mädchen bemerkt.«

»Habt ihr zufällig einen Mann gesehen, der einen Posaunenkasten trug?«

»Wie sieht ein Posaunenkasten aus?«

»Ihr wißt«, sagte O'Brien, »ein Posaunenkasten. Schwarzes Leder. Lang. Mit einer Art sich erweiterndem Trichter an einem Ende.«

»Meine Güte«, sagten die Jungens, »da sollten Sie lieber Charlie fragen.«

»Welcher von euch ist Charlie?«

»Charlie ist in dem Kiosk drüben. Hallo, Charlie! Charlie, komm heraus und hier herüber!«

»Ist Charlie Musiker?« fragte Meyer.

»Nein, aber seine Schwester nimmt Klavierstunden. Sie ist acht Jahre alt.«

»Und wie alt ist Charlie?« fragte Meyer skeptisch.

»Ach, der ist erwachsen«, sagten die Jungens. »Er ist Sechzehn.«

Charlie kam aus dem Kiosk. Er war ein dünner Junge mit einem Bürstenhaarschnitt. Er trug Khakihosen und ein weißes Sporthemd, und er kam mit neugierigem Ausdruck im Gesicht zu den Jungens an dem Laternenpfahl herüber.

»Ja?« sagte er.

»Diese Burschen hier haben ein paar Fragen.«

»Ja!?« Er sprach das Wort als eine Kreuzung zwischen Frage und Ausruf, als sei er überrascht von seinem eigenen Zweifel.

»Weißt du, wie ein Posaunenkasten aussieht, Charlie?«

»Ja!« sagte er und wieder war es beides, Frage und Ausruf.

»Hast du jemanden diese Treppe herunterkommen sehen, der einen Posaunenkasten trug?«

»Einen Posaunenkasten?« Diesmal war es nur Frage.

»Ja«, sagte Meyer.
»Heute?«
»Ja.«
»Diese Treppe herunter?«
»Ja.«
»Ja!« sagte er, und diesmal überwog der Ausruf die Frage.
»Wo ist er langgegangen?«
»Wie soll ich das wissen?« sagte Charlie.
»Du hast ihn doch gesehen, nicht wahr?«
»Ja! Warum? Brauchen Sie einen Posaunenbläser? Muß es ein Posaunenbläser sein? Meine kleine Schwester spielt Klavier.«
»Denk mal nach, Charlie. Wo ist er hingegangen?«
»Wer kann sich daran erinnern? Denkt ihr, ich bin ihm nachgegangen oder so was?«
»Er kam diese Treppen herunter?«
»Ja!«
»Wandte er sich nach links oder nach rechts?«
Charlie dachte einen Moment nach. »Keins von beiden«, sagte er endlich. »Er ging die Straße gerade hinauf.«
»Und dann weiter?«
»Weiß ich nicht.«
»Ist er an der Ecke eingebogen?«
»Weiß ich nicht.«
»Du hast ihn aus den Augen verloren, nachdem er an dieser Ecke dort vorüber war?«
»Ich weiß gar nicht, ob er an dieser Ecke dort vorübergegangen ist oder nicht. Wer hat ihn aus den Augen verloren? Ich habe nicht mal versucht, ihn im Auge zu behalten. Wer hat sich schon für ihn interessiert?«
»Glaubst du, daß er an der Ecke vorbeigegangen ist?«
»Ich weiß nicht.«
»Glaubst du, daß er an der Ecke eingebogen ist?«
»Ich weiß nicht.«
»Könnte er quer über die Straße gegangen sein?«
»Ich sage Ihnen, ich weiß es nicht.« Er machte eine Pause. »Hören

Sie, warum fragen Sie nicht den Mann im Delikatessenladen an der nächsten Ecke. Vielleicht hat der ihn gesehen?«

»Danke, mein Sohn«, sagte Meyer, »das wollen wir tun.«

»Tut mir leid«, sagte Charlie. »Muß es denn ein Posaunenbläser sein?«

»Ich fürchte ja.«

»Weil meine kleine Schwester nämlich prima Klavier spielt, wirklich.« Meyer sah Charlie traurig an. Charlie zuckte die Achseln. »Also manche Burschen stehen nun mal auf Blech«, sagte er resigniert und ging in den Kiosk zurück.

Meyer und O'Brien gingen die Straße hinauf.

»Was meinst du?« fragte O'Brien.

»Klingt, als ob er es gewesen sein könnte. Wer weiß? Vielleicht haben wir in dem Delikatessenladen Glück.«

Sie hatten kein Glück in dem Delikatessenladen.

Der Mann hinter dem Ladentisch trug eine Doppelschliffbrille, war den ganzen Tag damit beschäftigt gewesen, die Sonntagskunden zu bedienen, und würde einen Posaunenkasten nicht von einem Kasten voll Krabben unterscheiden können, guten Tag. Meyer und O'Brien traten auf den Bürgersteig hinaus.

»Wohin nun?« fragte O'Brien.

Meyer schüttelte den Kopf. »Junge«, sagte er, »dies scheint plötzlich eine sehr weitläufige Gegend zu sein.«

13

Ben Darcy lag auf dem Rücken im Gebüsch.

Die Dämmerung sank herab und färbte den Himmel purpurn. In den Sträuchern stimmten die Insekten ihr Abendlied an. Die Stadt sah himmelwärts und begrüßte die kommende Nacht mit einem Seufzer, heute war Sonntag, und morgen war ein neuer Arbeitstag. Und in der City, in den imposanten Stahl- und Betongebäuden von Isola, in den überquellenden Straßen von Calm's Point, im Vorstadtgelände von Riverhead schien der Beginn der

Nacht einen Hauch von Frieden mitzubringen, eine Ruhe, die an müde Resignation grenzte. Wieder glitt ein Tag in die Kühle der Vergangenheit. Der Mond würde aufgehen, und Sterne würden sich über den Himmel verstreuen, und die City würde plötzlich von Lichtern flammen.

Ben Darcy schien ein Teil der friedvollen Dämmerung zu sein. Wie er da auf dem Rücken unter dem großen Ahorn lag, der die Sträucher ringsum beherrschte, sah er aus wie ein sommerlicher Schläfer, ein Träumer, ein Himmelsgucker, der klassische Knabe mit dem Strohhalm zwischen den Lippen. Er hatte die Arme ausgestreckt, seine Augen waren geschlossen. Er schien zu schlafen, in Frieden mit sich und der Welt.

Sein Kopf war oben blutig.

Als er sich rasch über ihn beugte, sah Carella sofort den Riß, und seine Finger bewegten sich flink, teilten das Haar, fühlten die Schwellung um die Wunde. Sie war weder tief noch lang und blutete auch nicht stark. Sie saß genau in der Mitte von Darcys Schädel, und das Gebiet, das sie umgab, war zum Umfang einer Walnuß angeschwollen. In der wachsenden Dunkelheit seufzte Steve Carella hörbar. Er hatte es satt, sehr satt. Er jagte nicht gern Gespenster. Ich hätte Faustkämpfer werden sollen, dachte er. Ein guter, rauher Sport, wo der Kampf vom Beginn klar feststeht, wo die Regeln von einem unparteiischen Schiedsrichter festgelegt werden, wo die Arena gleich von Anfang umgrenzt ist, wo der Gegner deutlich sichtbar und auch deutlich als Gegner erkennbar ist, der einzige Mann, den man schlagen muß, der einzige Feind.

Warum, zum Teufel, wählte jemand Polizeiarbeit als Beruf, fragte er sich.

Wir haben es mit Zerstörung zu tun, dachte er, und die Zerstörung geschieht stets im Verborgenen, und unsere Arbeit ist es nicht so sehr, sie zu verhindern, als sie zu entdecken, nachdem sie geschehen ist. Wir machen die zerstörenden Elemente ausfindig, aber dadurch werden wir noch nicht schöpferisch, denn wir haben es mit einer negativen Aufgabe zu tun, und Schöpfung ist niemals etwas Negatives. Teddy, die drüben sitzt, mit einem Baby im

Leib, schöpferisch ohne Anstrengung, schöpferisch von Natur, vollbringt mehr, als ich in fünfzig Jahren Polizeiarbeit vollbringen werde. Warum sollte jemand wünschen, sich mit einem Banditen zu befassen, der Steuergelenke am Auto durchsägt oder den Nachbarn Birnbaum umbringt oder Darcy über den Schädel schlägt. Warum sollte jemand als Beruf, als die Arbeit, der er den größten Teil seiner wachen Stunden opfert, eine Aufgabe wählen, die ihn notwendig in Kontakt mit den zerstörenden Elementen bringen muß?

Warum sollte sich jemand absichtlich mit den trüben, perversen Gedankengängen des verbrecherischen Geistes befassen, warum sich die Hände beschmutzen mit den gemeinen Exemplaren der Menschheit, die jeden Tag der Woche, jahraus, jahrein in unserem Dienstraum aufmarschieren?

Warum sollte jemand Straßenkehrer werden wollen?

Jetzt werde ich dir mal etwas sagen, Steve, dachte er dann.

Erstens will ich dir sagen, daß Philosophieren einem Cop nicht zu Gesicht steht, der beim Philosophie-Lehrgang I in der Schule beinahe durchgefallen wäre.

Zweitens will ich dir sagen, daß freie Wahl etwas ist, was menschlichen Wesen selten vergönnt wird. Du wurdest ein Cop, weil du ein Cop wurdest, und du könntest es dir nicht erklären, ohne Stunden auf der Couch eines Psychiaters zu verbringen, und selbst dann weißt du es vielleicht noch nicht. Und du bleibst ein Cop — warum?

Weil — abgesehen von der offenbaren Erkenntnis, daß ein Mann seine Familie ernähren und kleiden muß, abgesehen von meiner Unsicherheit, der Welt außerhalb des Polizeidienstes entgegenzutreten, abgesehen davon, daß ich nach einem Job gierte, sobald ich kein Kind mehr war, abgesehen von alldem — ich ein Cop sein *will.*

Nicht weil ja *irgend jemand* die Straßen kehren muß. Vielleicht brauchte überhaupt niemand die Straßen zu reinigen. Vielleicht würde die Zivilisation genauso flott fortschreiten, wenn die Straßen dreckig wären.

Aber die zerstörenden Elemente machen mich wütend. Wenn sie einem Mann wie Birnbaum das Leben nehmen, machen sie mich rasend vor Wut! Und solange mich die Zerstörung erbittert, werde ich ein Cop bleiben, werde ich weiter in einen schäbigen Dienstraum fahren, im vielleicht übelsten Viertel der Welt, werde ich die faulen Witze anderer Cops und abgedroschenen Späße und Telefonklingeln hören und die Beschwerden der anständigen Leute, die — wenn sie auch nicht alle schöpferisch sein mögen — doch wenigstens keine Zerstörer sind.

Er grinste schwach in der zunehmenden Dunkelheit.

Sie mögen es nicht gemerkt haben, Pater Paul, dachte er, aber Sie hatten heute einen sehr religiösen Menschen in Ihrer Kirche.

Er ließ Ben Darcy auf dem Rücken liegen und ging ins Haus, um Wasser und feuchte Tücher zu holen.

Die Hochzeitsscherze fingen an.

Tommy lehnte vor der langen Festtafel, auf der Platten mit *dolce* und der riesige Hochzeitskuchen und — ganz am Ende — zwei Flaschen Wein standen, ausdrücklich und separat für den Bräutigam und die Braut bezeichnet.

Er hörte den Scherzen mit gemischten Gefühlen zu. Sie machten ihn verlegen, aber insgeheim gefielen sie ihm auch. Er wußte, er sollte verlegen werden, und bei jedem neuen Scherz stieg die Röte in sein jungenhaftes Gesicht. Aber gleichzeitig hatte er heimlich das Gefühl, als sei er endlich ein Mann geworden. Endlich wurde er als jüngeres Mitglied in einer weltumspannenden Bruderschaft zugelassen. Jahre später vielleicht würde er an der Hochzeit eines anderen teilnehmen und die gleichen traditionellen Witze erzählen. Der Gedanke gefiel ihm, obwohl er die meisten Witze schon früher gehört hatte. Die Späße begannen mit dem greisen Lückenbüßer von jenem Mann, der seinen Schirm im Hotelzimmer vergessen hat. Als er ihn holen will, kommt ein Hochzeitspärchen herein, und er versteckt sich rasch im Schrank, ist aber nun gezwungen, dem Liebesgeflüster zuzuhören. Der Bräutigam fragt die Braut: »Und wem gehören diese schönen

Augen?« – »*Dir, Liebling.*« – »Und wem gehören diese wundervollen Lippen?« – »*Dir, mein Süßer!*« Und so immer weiter, wobei kein Körperteil übergangen und der Scherz köstlich anrüchig gefärbt wird durch die Erwartung einer Entkleidungsszene und totalen Besitznahme – bis der Mann im Schrank schließlich verzweifelt ruft: »Wenn Sie zu dem Schirm kommen, *der* gehört aber *mir!*«

Tommy lachte. Der Witz hatte einen Bart, aber er lachte dennoch und errötete leicht, und er sah seinen Schwager aus dem Gebüsch am Rande des Grundstückes auftauchen und ins Haus eilen. Und dann folgte ein anderer Witz, der von dem Liliputaner, der die Riesendame vom Zirkus heiratet, und dann kam wieder einer und noch einer, und allmählich verließen die Scherze den Bereich des druckbaren Humors und nahmen eine Qualität ad libidum an, wobei jeder Witzbold, Ehemann wie Junggeselle, mit dem allerbesten Rat für das richtige Benehmen in der Hochzeitsnacht herausrückte. Irgend jemand warf die uralte Geschichte von dem Schimmel dazwischen, der ein Zebra heiratete und die ganzen Flitterwochen mit dem Versuch verbrachte, ihm das gestreifte Pyjama auszuziehen, und Tommy lachte; und einer riet ihm, einen Stapel Zeitschriften mitzunehmen, weil Angela zweifellos drei Stunden im Badezimmer verweilen würde, um sich auf den größten Moment ihres Lebens vorzubereiten. Und ein anderer sagte: »Er wünscht nur, es wäre der *größte* Moment«, und obwohl Tommy diesen Witz nicht ganz verstand, lachte er doch.

»In welches Hotel geht ihr, Tom?« fragte einer aus dem Kreise der Spaßvögel.

»Nein, nein«, sagte Tommy und schüttelte den Kopf.

»Heraus damit!« rief jemand. »Du glaubst wohl nicht, wir wollen in deine Hochzeitsnacht einbrechen, wie?«

»Doch«, sagte Tommy.

»Alte Freunde wie wir? Wünschst du etwa nicht, daß wir dich besuchen?«

»Nein!«

»Nein? Hast du heute abend was anderes vor?«

Und so ging es weiter. Und die ganze Zeit hüpfte Jody Lewis um den Kreis der Possenreißer, hielt Tommys Miene fest, jedesmal, wenn ein neuer Witz erzählt wurde, ließ den Auslöser klicken und immer wieder klicken, um das Erröten oder das Grinsen oder den flüchtigen Ausdruck der erreichten Männlichkeit für die Nachwelt aufzuheben: *Unser Hochzeitstag.*

»Vergiß nicht den Wein, wenn du gehst!« rief jemand.

»Welchen Wein?«

»Jemand hat dir Wein mitgebracht. Dort, am Ende des Tisches. Eine Flasche für die Braut und eine für den Bräutigam.«

»Aber trink nicht zuviel, Tommy. Zuviel Wein, und du hast eine sehr enttäuschte Braut.«

»Nur einen Schluck, Tommy! Einen Trinkspruch und dann ans Werk!«

Die Menge lachte. Jody Lewis ließ seinen Auslöser klicken. Es wurde erschreckend rasch dunkel.

Oona Blake hockte am Boden, über Cotton Hawes gebeugt, den Rock von wunderbar schönen Beinen zurückgestreift, das Kleid bis zur Mitte zerrissen. Dunkelheit hatte sich über das kleine Dachzimmer in Birnbaums Haus gesenkt. Das schwindende Tageslicht sickerte schwach durch das Bodenfenster, fing sich in ihrem blonden Haar und traf dann die entblößte Seite ihres weißen Schenkels, während sie die Stricke fest um Hawes' Körper knüpfte und dann seine Taschen durchsuchte.

Marty Sokolin, der auf seiner Zigarre kaute, die eine riesige Hand um den Gewehrlauf, sah ihr zu. Sie schüchterte ihn etwas ein. Sie war das schönste Mädchen, das er je im Leben kennengelernt hatte, aber sie bewegte sich mit der Gewalt einer Rakete, und sie machte ihm manchmal Angst; aber sie regte ihn auch auf. Als er beobachtete, wie sie die Brieftasche des Mannes öffnete, wie ihre Hände rasch den Inhalt durchblätterten, war er zugleich ängstlich und erregt.

»Ein Cop«, sagte sie.

»Woher weißt du das?«

»Das Abzeichen und ein Ausweis. Warum hast du ihn nicht vorher durchsucht?«

»Ich war zu beschäftigt. Was will ein Cop hier? Wie kommt ein Cop . . .?«

»Sie kriechen hier überall herum«, sagte Oona.

»Warum?« Er zwinkerte mit den Augen und biß noch wilder auf seine Zigarre.

»Ich habe einen Mann erschossen«, antwortete sie, und er fühlte ein kleines Aufzucken von Angst.

»Du . . .?«

»Ich erschoß einen Mann, einen alten Knacker, der in dieses Haus gehen wollte. Du sagtest mir doch, ich sollte die Leute von hier fernhalten, nicht wahr?«

»Ja, aber einen Mann erschießen! Oona, warum hast du . . .?«

»Bist du nicht hier, um einen Mann zu erschießen?«

»Ja, aber . . .«

»Willst du, daß jemand hierherkommt?«

»Nein, Oona, aber es hat uns die Cops auf den Hals gebracht. Ich bin vorbestraft, um Christi willen, ich kann nicht . . .«

»Das bin ich auch«, gab sie scharf zurück, und er sah die plötzliche Wut in ihren Augen, und wieder war er erschreckt. Schweiß trat ihm auf die Oberlippe. In der zunehmenden Dämmerung beobachtete er sie, erschreckt, erregt.

»Willst du Giordano umbringen?« fragte sie.

»Ja. Ich . . . ich will es.«

»Willst du oder willst du nicht?«

»Ich weiß nicht. Jesus, Oona, ich weiß nicht. Ich will keine Cops haben. Ich will nicht wieder ins Gefängnis kommen.«

»So was hast du mir aber nicht gesagt.«

»Ich weiß, ich weiß.«

»Du sagtest, du willst ihn tot sehen.«

»Ja.«

»Du sagtest, du könntest niemals Ruhe finden, bis er tot ist.«

»Ja.«

»Du batest mich um Hilfe. Ich habe dir geholfen. Ohne mich

könntest du dir nicht mal die Nase wischen. Wer hat das Zimmer gegenüber dem Fotoatelier gemietet? Ich. Wer hat dieses Haus vorgeschlagen? Ich. Ohne mich würdest du deine verdammte Wut mit dir rumtragen bis zum Grabe. Willst du das etwa? Deine Wut mit dir rumtragen, bis du stirbst?«

»Nein, Oona, aber ...«

»Bist du ein Mann ... oder was bist du eigentlich?«

»Ich bin ein Mann.«

»Du bist gar nichts. Du hast Angst, ihn zu erschießen, ist es nicht so?«

»Nein.«

»Ich habe schon jemand für dich umgebracht, hast du das begriffen? Ich habe schon einen Mann getötet, um dich zu schützen. Und jetzt kriegst du es mit der Angst. Was bist du denn? Ein Mann oder was?«

»Ich bin ein Mann!« sagte Sokolin.

»Du bist ein Garnichts. Ich weiß nicht, warum ich mich mit dir eingelassen habe. Ich hätte Männer haben können, richtige Männer. Du bist kein Mann.«

»Ich bin ein Mann!«

»Dann schieß ihn tot!«

»Oona! Es ist nur ... Jetzt sind Cops hier. Es ist ein Cop hier, direkt bei uns ...«

»Um acht Uhr geht das Feuerwerk los ...«

»Oona, wenn ich ihn totschieße, was habe ich davon? Ich weiß, ich sagte, daß ich ...«

»... viel Lärm, viel Knallerei. Wenn du dann schießt, wird man es nicht einmal hören. Keiner wird es hören.«

»... ich ihn tot sehen wollte, aber jetzt weiß ich nicht mehr. Vielleicht konnte er nichts dafür, daß Artie erschossen wurde. Vielleicht wußte er nicht ...«

»Du gehst ans Fenster, Marty. Du nimmst ihn aufs Korn.«

»... daß ein Scharfschütze in den Bäumen saß. Jetzt bin ich frei. Ich bin aus dem Gefängnis raus. Warum soll ich mit so etwas herumspielen?«

»Du wartest, bis das Feuerwerk anfängt. Dann drückst du ab. Er ist tot, und wir hauen ab.«

»Und der Cop, der da am Boden liegt? Er hat uns beide gesehen«, protestierte Sokolin.

»Um den werde ich mich kümmern«, sagte Oona Blake und grinste. »Es wird mir ein wahres Vergnügen sein, mich um ihn zu kümmern.« Ihre Stimme sank zu einem Flüstern. »Geh ans Fenster. Marty.«

»Oona . . .«

»Geh ans Fenster und mach Schluß. Sobald das Feuerwerk anfängt. Mach Schluß damit. Und dann komm zu mir, Marty, komm zu mir, Baby, komm zu Oona Baby, Marty; mach Schluß damit, mach Schluß damit, schaff es dir aus dem Leib!«

»Ja«, sagte er. »Ja, Oona.«

Antonio Carella hatte vielleicht zuviel Wein getrunken oder zu eifrig getanzt. Jedenfalls fiel es ihm schwer, gerade zu stehen; er hatte sich einen Stuhl in die Mitte des Tanzbodens getragen, und er stand jetzt auf dem Stuhl, schwankte unsicher, seine Arme ruderten durch die Luft, und er versuchte gleichzeitig, Balance zu halten und Schweigen zu gebieten. Die Hochzeitsgäste hatten auch zuviel getrunken – vielleicht – oder vielleicht auch zu eifrig getanzt. Es dauerte lange, bis sie zur Ruhe kamen, und vielleicht wäre das nie geschehen, wenn sie nicht Angst gehabt hätten, daß Tony Carella von seinem Stuhl fallen würde, wenn ihm nicht bald jemand zuhörte.

»Ich bin heute sehr glücklich«, sagte Tony zu den stiller gewordenen Gästen. »Meine Tochter Angela hat einen prachtvollen Jungen geheiratet. Tommy! Tommy! Wo ist Tommy?«

Er kletterte vom Stuhl herunter und suchte in der Menge nach Tommy, schleppte ihn in das Licht, das vom Musikpodium herabströmte.

»Mein Schwiegersohn!« rief er laut, und die Hochzeitsgäste applaudierten. »Ein wunderbarer Junge, und eine wunderbare Hochzeit, und ein wunderbares Fest! Und jetzt werden wir das

Feuerwerk steigen lassen. Wir werden für meine beiden Kinder die ganze Nacht explodieren lassen! Sind alle bereit?«

Und die Hochzeitsgäste jubelten, während Marty Sokolin die Gewehrmündung auf das Fenstersims senkte und sein Visier auf Tommy Giordanos Kopf richtete.

14

Wenn Polizeiarbeit halb Zähigkeit und halb Geduld ist, so ist sie auch halb Glück und halb blindes Vertrauen. Das alles brauchten Meyer Meyer und Bob O'Brien, so wie sie die Beinarbeit brauchten, mit der sie Marty Sokolin nachspürten.

Meyer Meyer wäre außerordentlich zufrieden gewesen, hätte er in dem Delikatessenladen bleiben und die appetitlichen Gerüche dort einschnuppern können, statt diesen Ort auf der Suche nach einem potentiellen Mörder verlassen zu müssen. Die Gerüche eines solchen Ladens, besonders eines koscheren Delikatessenladens, waren für Meyer immer geheimnisvolle, aufregende Düfte gewesen. Als Kind hatte er keine Ahnung davon, daß Leute in diese Läden gingen, um wirklich etwas zu kaufen. Seine Mutter pflegte ihn aus ihrem Viertel der Ungläubigen zu einem Bummel in das nächste Ghetto mitzunehmen und dort ein Delikatessengeschäft zu suchen. Sie stand dann in der Ladentür, und der kleine Meyer durfte nach Herzenslust schnuppern. Bis zu seinem fünfzehnten Lebensjahr und bis er sein erstes *nickel a shtickel* kaufte, war Meyer der unerschütterlichen Überzeugung, daß Delikatessen nur zum Riechen da seien. Er fühlte sich noch immer etwas unbehaglich, wenn er in solchem Geschäft einkaufte, etwa wie ein Heide, der einen Tempel schändet.

Er kaufte nichts in dem Delikatessenladen von Dover Plains Avenue. Er stellte Fragen über den Mann mit dem Posaunenkasten, wurde prompt abgewiesen und betrat wieder die Straße, auf der weiteren Suche nach etwas, das allmählich einer recht versteckten Nadel im Heuhaufen zu gleichen schien. Die Suche wurde nach sehr wissenschaftlicher Methode durchgeführt, die auf überlieferter Untersuchungstechnik basierte. Die Suche wurde durchgeführt, indem man Passanten anhielt und sie fragte, ob sie einen Mann gesehen hätten, der einen Posaunenkasten trug.

Nun wird solche Technik der peinlichen Befragung gewiß von Scotland Yard und der Bezirkspolizei von Nassau und von der Sureté und der Gestapo empfohlen. Sie ist darauf berechnet, durch eine Folge sorgfältig formulierter Fragen (wie die: »Haben sie einen Mann mit einem Posaunenkasten hier vorbeigehen sehen?«) jene Bürger voneinander zu sondern, die den gesuchten Verdächtigen gesehen haben und die ihn nicht gesehen haben. Wichtig ist dabei natürlich, die Frage in dem gebührend autoritativen und allgemein eingeführten Polizeiton abzuschießen. Der Polizeiton ist ein Teil des Polizeiverfahrens. Wenn der Satz: »Haben sie einen Mann mit einem Posaunenkasten hier vorbeigehen sehen?« von einem Laien, der im Polizeiton ungeübt ist, gesprochen würde, könnte er eine Fülle verworrener Antworten zum Resultat haben. Wenn er von einem Mann gesprochen wird, der die Polizei=Akademie besucht hat, einem Mann, der in den Methoden der Untersuchungstechnik gut versiert ist, der erfahren ist in der Kunst der Befragung, gewinnt der Satz Bedeutsamkeit. Angesichts seiner wissenschaftlichen Unausweichlichkeit wurde die befragte Person geschickt zu dem Punkt geführt, wo nur eine von zwei Antworten möglich war: ja oder nein. Ich sah einen Mann mit einem Posaunenkasten hier vorbeigehen, oder ich sah ihn nicht.

Meyer Meyer und Bob O'Brien, geschickte Inquisitoren, die sie waren, erhielten eine Summe von zwölf Nein, ehe sie ein Ja hörten.

Das Ja führte sie eine Straße hinauf, die parallel zur Charles Avenue lief. Aus dem Vorbau eines einstöckigen Fachwerkhauses erhielten sie ihr zweites Ja und bekamen allmählich das Gefühl, das Glück wäre ihnen hold. Das zweite Ja kam von einem alten Mann mit einem Hörrohr.

»Haben Sie einen Mann mit einem Posaunenkasten vorbeigehen sehen?« fragte Meyer wissenschaftlich.

»Was?« schrie der alte Mann. »Ich bin ein bißchen taub.«

»Ein Mann mit einem Posaunenkasten!«

»Drinnen ist eins«, sagte der alte Mann.

»Eine Posaune?«

»Ja. Auf dem Tisch in der Diele. Wählen Sie nur jede Nummer, die Sie brauchen. Es ist doch kein Anruf nach außerhalb, nicht wahr?«

»Nein, nein, eine Posaune«, sagte Meyer geduldig. »Ein Musikinstrument.«

»Ach, eine Posaune. Jaja. Was ist damit?«

»Haben Sie einen Mann gesehen, der eine bei sich trug?«

»Sie meinen den Burschen, der früher am Nachmittag hier vorbeiging?«

»Sie haben ihn gesehen?«

»Ja. Ging gerade die Straße hinauf.«

»Danke sehr«, sagte Meyer dankbar. »Das ist ja großartig. Danke Ihnen vielmals.«

»Sie sollten sich schämen, junger Mann«, sagte der Mann mit dem Hörrohr. »Ich wollte Ihnen doch nur helfen.«

Die Nacht brach herein. Der Himmel war eine vielfarbige Schale, lichtblau im Westen, wo die Sonne unter den Horizont gesunken war, ein tieferes Blau darüber, das Blau in den Augen eines Seemanns, und darüber ein Blau, das fast schwarz wirkte, überflutet mit Sternen, wie das diamantenbesetzte Samtkleid einer verführerischen Blondine in einem Nachtlokal.

»Wir sind dicht am Hause der Carellas, nicht wahr?« fragte O'Brien.

»Charles Avenue ist der nächste Block«, erwiderte Meyer.

»Glaubst du, wir krieger ihn?«

›Vielleicht. Ich werde müde, das steht mal fest.«

»Da ist noch ein Kunde«, sagte O'Brien. »Sollen wir ihn fragen?«

»Wir haben bis jetzt jeden gefragt. Warum sollten wir an diesem Punkt damit aufhören?«

Der neue Kunde war ein Knabe von etwa acht Jahren. Er saß mit einem Taschenmesser am Rinnstein. Er warf das Messer in die Luft und sah zu, wie es mit dem Griff voran auf den Flecken

Erde vor ihm plumpste. Es schien ihm nicht einzufallen, daß es durch eine leichte Drehung mit der Klinge voran in die Erde gedrungen wäre. Der Junge schien ganz zufrieden damit, es einfach in die Luft zu werfen und mit einem dumpfen Schlag landen zu lassen. Immer noch einmal wiederholte er die sinnlose Bewegung. Meyer und O'Brien sahen ihm ein Weilchen zu.

»Hallo, kleiner Mann«, sagte Meyer schließlich.

Der Junge blickte auf. In dem schwindenden Tageslicht sah sein Gesicht sehr schmutzig aus.

»Schert euch weg«, sagte er.

Meyer lachte schwach. »Aber, aber, kleiner Mann«, sagte er, »wir wollten dir nur eine Frage stellen.«

»Ja? Was denn?«

Meyer formulierte die Frage sorgfältig. »Hast du einen Mann mit einem Posaunenkasten hier vorbeigehen sehen?«

Der Junge blickte ihn mit scharfen Augen durchbohrend an. »Schert euch weg«, sagte er. »Seht ihr denn nicht, daß ich beschäftigt bin?«

»Du willst das Messer so werfen, daß es im Boden steckenbleibt?« fragte O'Brien liebenswürdig.

»Seien Sie kein Trottel«, erwiderte der Junge. »Das kann jeder. Ich habe in diesem Loch eine Raupe.«

»Eine Raupe?« fragte O'Brien.

»Natürlich. Ich will sehen, wievielmal ich sie treffen kann, bevor sie stirbt. Ich habe sie schon vierunddreißigmal getroffen, und sie bewegt sich immer noch.«

»Hast du mal versucht, raufzutreten?« fragte Meyer.

»Was soll da für Spaß dran sein?« erwiderte der Junge.

»Dieser Mann mit dem Posaunenkasten, hast du ihn zufällig vorbeigehen sehen?«

»Natürlich«, erwiderte der Junge. Er nahm das Messer auf und ließ den stumpfen Griff auf die Raupe fallen. »Fünfunddreißig«, zählte er.

»Wo ging er hin?«

»Wahrscheinlich zu der Hochzeit im nächsten Block.«

»Wie kommst du darauf?«

»Sechsunddreißig«, zählte der Junge, während er das Messer wieder fallen ließ. »Ich glaube, sie macht schlapp.«

»Warum meinst du, daß der Mann zu der Hochzeit ging?« fragte Meyer.

»Weil er wahrscheinlich durch den Hintergarten ging. Oder er ist in das Haus gegangen.«

»Welches Haus?«

»Er ging jedenfalls in der Richtung. Er blieb auf dem Bürgersteig stehen und bog dort ein«, sagte der Junge. »Siebenunddreißig. – Also ging er entweder durch den hinteren Garten, um bei der Hochzeit zu blasen, oder er ging hinein. Was könnte er sonst tun? – Achtunddreißig. Ich kann doch nicht bis hundert zählen.«

»Welches Haus?« fragte Meyer.

»Birnbaums«, antwortete der Junge. »Das dritte Haus rechts von Ihnen.« Er sah in das Loch hinunter. »Ich glaube, ich habe das Schwein gekriegt«, sagte er. »Donnerwetter, seht mal all den Matsch, der da rausgekommen ist.«

Meyer und O'Brien warteten nicht, um sich den Matsch anzusehen. Hastig eilten sie die Straße hinauf zum Birnbaumschen Haus. In der Ferne hörten sie ein schwaches Rollen – wie fernes Donnergrollen.

»Kannst du ihn erkennen?«

Ihn, ihn, ihn, ihn ...

»Ja. Ich habe ihn im Visier.«

Visier, Visier, Visier, Visier ...

Schieß diesmal nicht vorbei, nein, ziele sorgfältig, ja, jetzt fangen sie mit dem Feuerwerk an, mit den kleinen Sachen, ich mag das Geräusch vom Feuerwerk nicht. Erinnert mich daran, wenn Kanonen losgehen, ich mag es nicht, wenn Kanonen losgehen, Marty, halt den Mund, konzentriere dich auf das, was du vorhast, sieh mal, sie lassen die Feuerräder los, kannst du ihn noch erkennen, ja, schieße nicht, bis die großen Dinger losgehen, wir brauchen die Deckung durch das Knallen, schieß noch nicht, Marty, nein, nein.

Nein, nein, Worte, Worte, Leute, die reden, ein Mischmasch von Worten, Donner in der Ferne, Kanonenschüsse, Feuer, nein, nein . . .

Cotton Hawes kletterte durch den hallenden Tunnel der Bewußt=losigkeit, Stimmen und Töne schwirrten als sinnloses Echo in sei=nem Kopf, während die Schwärze dem Glanz wich, dem kreisenden Glanz von draußen, Feuerwerk, ja Feuerwerk stieg draußen auf im . . .

Er öffnete die Augen.

Er versuchte, sich zu bewegen.

Er war dressiert wie ein Brathuhn; die Hände auf dem Rücken an die Füße gebunden, rollte er auf dem Boden wie das Fußgestell eines großen Schaukelpferdes. Wenn er den Kopf wandte, konnte er das Fenster sehen. Hinter dem Fenster zerriß der strahlende, verwirrende Glanz des Feuerwerks den Nachthimmel. Als Silhou=ette vor dem Fenster hockte der Neandertaler mit dem Gewehr, und neben ihm stand, eine Hand auf seiner Schulter, leicht über ihn gebeugt, die rote Seide straff über ihren wunderbaren Popo ge=spannt, das Mädchen, das ihn mit dem Schuh getroffen hatte.

»Ziele sorgfältig, Marty«, wisperte sie.

»Das werde ich, das werde ich, ich habe ihn. Keine Sorge.«

»Warte auf die großen Dinger. Die lauten Sachen.«

»Jaja.«

»Du kannst es schaffen. Marty.«

»Ich weiß.«

»Du bist ein Mann, Marty. Du bist *mein* Mann.«

»Ich weiß. Pst. Pst. Mach' mich nicht nervös.«

»Wenn es vorbei ist, Marty, du und ich. Ziele sorgfältig.«

»Jaja.«

Er wird Tommy erschießen, dachte Hawes hilflos. O mein Gott, er wird Tommy erschießen, und ich kann verdammt gar nichts tun, ihn daran zu hindern.

»Was . . . was ist passiert?« fragte Ben Darcy.

Er schob das nasse Tuch fort, das Carella in der Hand hielt. Er blinzelte, setzte sich auf, und plötzlich faßte er sich an den Kopf.

»Oh, mein Kopf. O Jesus, das bringt mich noch um. Was ist passiert?«

»Das solltest du mir wohl erzählen«, sagte Carella. »Hier, halte dies nasse Tuch auf deine Beule.«

»Ja, danke.« Ben zwinkerte wieder verwirrt. »Was ... was bedeutet all dieser Lärm?«

»Das Feuerwerk fängt an.«

»Sind ... sind Tommy und Angela schon fort?«

»Ich glaube nicht.«

»Oh.«

»Erzähl mir, was passiert ist«, sagte Carella.

»Ich weiß es nicht ganz genau. Ich ging hier nach hinten hinaus, als ...«

»Warum?«

»Was warum?«

»Was wolltest du hier hinten in den Büschen?«

»Ich fühlte mich nicht so prima. All das Durcheinander drinnen und der Streit, den ich mit Tommy hatte. Also kam ich hierher, wo es ein bißchen ruhiger ist.«

»Und dann?«

»Jemand schlug mich.«

»Wer?«

»Ich weiß nicht.«

»Du schriest doch vorher«, sagte Carella. »Du schriest um Hilfe. Warum?«

»Weil jemand mich um den Hals packte. Da schrie ich. Mein Gott, womit hat er mich getroffen? Ich habe das Gefühl, mein Schädel ist gebrochen.«

»War es ein Mann, Ben?«

»Ja. Ja, es fühlte sich wie der Arm eines Mannes um meinen Hals an.«

»Und du schriest um Hilfe?«

»Ja.«

»Sagte der Mann etwas?«

»Ja.«

»Was sagte er?«

»Er sagte: Du gemeiner Schweinehund, ich werde euch alle umbringen!«

»Was für eine Stimme hatte er?«

»Tief. Rauh. Es klang, als ob es ein großer Mann war.«

»Wie groß?«

»Sehr groß. Sein Arm war stark.«

»Wie groß bist du, Ben?«

»Sechs Fuß.«

»Würdest du sagen, er war sehr viel größer als du? Soweit du es beurteilen kannst?«

»Nein, nicht so groß. Ich meine, vielleicht sechs Fuß zwei Zoll, sechs Fuß vier, so etwa.«

»Und er sagte, du gemeiner Schweinehund, ich werde euch alle umbringen. Stimmt das?«

»Das stimmt.«

»Und dann schlug er dich?«

»Ja.«

»Auf den Kopf?«

»Ja.«

»Das ist die einzige Stelle, auf die er dich traf?«

»Ja.«

»Er schlug dich nicht zu Boden und trat dich oder sonst etwas?«

»Nein.«

»Er legte dir einfach den Arm um den Hals, zog dich nach hinten, und dann schlug er dich mitten auf den Kopf, stimmt das so?«

»Ja.«

»Was hatte er an?«

»Einen Smoking, glaube ich. Ich sah nur seinen Arm, aber ich denke, es war der Ärmel von einem Smoking.«

»Du sahst das?«

»Ja.«

»Es war nicht zu dunkel, um das zu erkennen?«

»Nein. Nein.«

»Welche Farbe hatte der Smoking?«

»Schwarz.«

»Nicht blau?«

»Nein. Schwarz.«

»Das kannst du sagen? So dunkel es hier ist? Im Schatten dieses Baumes?«

»Ja. Er war schwarz. Ich glaube, er war schwarz.«

»Und der Mann sprach zuerst, und dann schlug er dich? Oder schriest du zuerst um Hilfe? Wie war das?«

»Zuerst sprach er, dann . . . nein, warte mal. Ich schrie zuerst um Hilfe, und dann beschimpfte er mich, und dann schlug er auf mich ein.«

»Nur einmal, stimmt das?«

»Ja. Er traf mich auf den Kopf. Das ist das letzte, woran ich mich erinnere.«

»Und du fielst bewußtlos um, stimmt das?«

»Ja.«

»Eine letzte Frage, Ben, warum lügst du mich an?«

Die Feuerräder waren versprüht, und römische Kerzen hatten die Nacht mit Rot erfüllt. Und jetzt standen hinter der Tribüne die Angestellten der Hochzeitsfeste=GmbH bereit und brannten darauf, die Zündschnüre für das großartige Finale anzustecken. Tommy Giordano stand neben seinem Schwiegervater und seiner Braut, in das Licht vom Musikpodium her getaucht, und wartete auf das Potpourri von Explosionen und Glanz, das in den nächsten Momenten losbrechen würde. Er wußte nicht, daß im Fadenkreuz eines Zielfernrohrs ein Punkt genau über seinem linken Auge fixiert wurde. Er lächelte liebenswürdig, während die Leute hinter der Tribüne hin und her eilten, und drückte Angelas Hand, als er sah, wie die erste Zündschnur angesteckt wurde.

Die Schnur brannte herunter, immer weiter herunter und be= rührte dann das Pulver. Die erste Rakete segelte himmelwärts, zerplatzte in einem Schauer von blauen und grünen Sternen, wurde fast augenblicklich danach von einer zweiten Rakete gefolgt, die Silberfische gegen den Nachthimmel schoß. Explosionen er=

schütterten die friedliche Vorstadt Riverhead, unerhört laute Explosionen, die die Nacht in Fetzen zu reißen drohten.

Im Bodenraum grub Oona Blake ihre Finger in Sokolins Schulter.

»Jetzt«, sagte sie. »Jetzt, Marty.«

15

Die Männer arbeiteten als ein sehr tüchtiges Team zusammen, und vielleicht wäre alles glatt, unblutig abgelaufen, hätte nicht Bob O'Brien dem Team angehört. Es war klar, wenn die Männer in das Revier zurückkehrten, würden Legende und Aberglauben bestimmt O'Brien die Schuld in die Schuhe schieben.

Auf der vorderen Veranda des Birnbaumschen Hauses hatten sie ihre Dienstrevolver gezogen. O'Brien stand an einer Seite der Tür, und Meyer drehte den Knopf und öffnete sie. Das Wohnzimmer im Erdgeschoß des Hauses war still und dunkel. Vorsichtig betraten beide Männer den Raum.

»Wenn er hier ist und ein Gewehr gebrauchen will«, flüsterte Meyer, »dann muß er oben sein.«

Sie warteten, bis sich ihre Augen an die Dunkelheit gewöhnt hatten. Dann fanden sie das Treppenhaus und begannen hinaufzusteigen, zögernd, sobald die Stufen unter ihrem Gewicht knarrten. Im ersten Stock untersuchten sie die beiden Schlafzimmer und fanden sie leer.

»Eine Dachkammer?« wisperte O'Brien, und dann stiegen sie weiter.

Sie waren in dem Korridor vor dem Dachraum, als das Feuerwerk im Garten Carellas begann. Zuerst hielten sie es für Geschützfeuer, und dann erkannten sie es als das, was es war, und beide zogen augenblicklich den Schluß, daß ihr Scharfschütze – falls er sich tatsächlich im Haus befand – zweifellos auf das Feuerwerk gewartet hatte, ehe er mit seinem Gewehr loslegte. Sie sprachen nicht miteinander. Sprechen war nicht notwendig. Das

Verfahren, das sie anwenden wollten, war von ihnen schon hundertmal früher erprobt worden, gemeinsam oder als Teil eines anderen Teams. Das Feuerwerk im Garten drüben machte die Operation nur dringlicher, aber die beiden bewegten sich flink und ohne Panik. Meyer drückte sich flach gegen die Wand rechts von der Tür. O'Brien lehnte sich gegen die Wand gegenüber der Tür. O'Brien sah Meyer an, und Meyer nickte schweigend.

Aus dem Raum hörten sie eine weibliche Stimme: »Jetzt. Jetzt, Marty.«

O'Brien stieß sich von der Wand ab, hob sein linkes Bein, trat mit dem linken Fuß die Tür ein, mit einem gewaltigen Stoß, der das Schloß zerbrach und die Tür nach innen schießen ließ. Wie ein Schlußmann, der einem Angriff folgt, folgte O'Brien der Tür in das Zimmer, während Meyer hinter ihm aufkreuzte wie ein Läufer, der zu einem Seitenstoß ansetzen will.

O'Brien war nicht wild darauf, zu schießen.

Der Revolver lag in seiner Hand, als er den Raum betrat, dem Katapult der Tür folgend. Seine Augen glitten zuerst zum Fenster, wo der Mann mit dem Gewehr hockte, dann zum Boden, wo Cotton Hawes wie ein Bündel sauber verschnürt lag, und dann wieder zum Fenster zurück, als die Blondine mit dem roten Kleid herumfuhr und ihm gegenüberstand.

»Weg mit dem Gewehr!« schrie er, und der Mann am Fenster schwang herum, das Gewehr in der Hand, während hinter ihm im Garten die Raketen platzten, seine Augen beleuchteten, seine Augen in wildem Glanz funkeln ließen; und O'Briens Blick hakte sich in den seinen, und in diesem Moment erwog er die Notwendigkeit zu schießen.

»Weg damit!« schrie er, den Blick fest in den Augen des anderen Mannes, und er studierte diese Augen drei Sekunden lang, die ihm wie dreitausend Jahre schienen, bemerkte die Furcht in ihnen und dann das plötzliche Erwachen zur Erkenntnis der Situation und dann die schnelle Berechnung. Und dann wurden die Augen schmal, und O'Brien hatte das augenblickliche Schmalerwerden der Augen eines Mannes mit einer Schußwaffe schon frü=

her gesehen, und er wußte, die Augen telegrafierten den Befehl zu dem Finger am Hahn, und er wußte, wenn er nicht sofort schoß, würde er im nächsten Bruchteil einer Sekunde blutend am Boden liegen.

Meyer Meyer hatte auch gesehen, wie die Augen sich verengten, und er schrie: »Achtung, Bob!« und O'Brien feuerte.

Er schoß nur einmal, von der Hüfte aus, schoß mit einer Ruhe, die den zuckenden Schlag seines Herzens und das Zittern seiner Beine Lügen strafte. Seine Kugel traf Sokolin auf kurze Entfernung in die Schulter, wirbelte ihn herum und warf ihn gegen die Wand, während ihm das Gewehr aus den Händen fiel. Und alles, was O'Brien denken konnte, war: Laß ihn nicht sterben, lieber Gott, laß ihn nicht sterben!

Die Blondine zögerte den Bruchteil einer Sekunde. Während Sokolin sich an der Wand zu Boden krümmte, während Meyer ins Zimmer stürzte, während die Welt draußen sich in einen Schauer von Funken und ein brüllendes Chaos von Explosionen auflöste, traf sie ihre Entscheidung und handelte danach, ging augenblicklich in die Knie, zog den Rock mit einer völlig weiblichen Geste zurück, während sie sich mit männlicher Zweckmäßigkeit vornüberbeugte, um das Gewehr aufzuheben.

Meyer trat zweimal nach ihr. Er trat einmal, um das Gewehr nach oben zu schlagen, bevor ihr Finger den Hahn finden konnte, und dann trat er nach ihren Beinen, stieß sie zurück, zu Boden, ein Haufen weißes Fleisch und schlitzende rote Seide. Sie fuhr wieder hoch wie ein Geist der Hölle, mit gefletschten Zähnen, die Finger zum Kratzen gekrallt. Sie erwartete keine Konversation, und Meyer bot ihr auch keine. Er faßte seinen Achtunddreißiger so, daß der Lauf in seinen gekrümmten Fingern lag, während der Griff unten herausstand. Dann schwang er den Revolver im seitlichen Bogen, der das Mädchen an den Backenknochen traf. Sie warf die Arme und den Kopf zurück und stieß ein leises Wimmern aus, und dann ging sie langsam, langsam zu Boden, wie die *Queen Mary* im River Harb sank, in einer sonderbaren Mischung von titanischem Zusammenbruch und gebrechlicher Anmut.

O'Brien hockte schon bei Sokolin in der Ecke. Meyer wischte sich die Stirn. »Wie geht es ihm?«

»Er ist verletzt«, antwortete O'Brien. »Aber er ist nicht tot.«

»Ich wußte, es würde eine Schießerei geben«, antwortete Meyer einfach. Er wandte sich um, wo Cotton Hawes in seiner Schaukelpferd-Stellung am Boden lag. »Na, na«, sagte er, »was haben wir denn da? Sieh dir dies mal an, Bob.«

»Nehmt mir die Stricke ab«, sagte Hawes.

»Es spricht, Bob«, sagte Meyer. »Ja, ich glaube wirklich, das ist ein sprechender Hund. Wenn das nicht eine Kuriosität ist!«

»Mach schon, Meyer«, bat Hawes, und Meyer sah zum erstenmal sein zerschlagenes Gesicht und beugte sich schnell herunter, um die Stricke zu durchschneiden. Hawes stand auf. Während er sich die Handgelenke und die Knöchel massierte, bemerkte er: »Ihr kamt gerade im letzten Moment.«

»Die Marine-Infanterie kommt immer zur Zeit«, sagte Meyer.

»Und die US-Kavallerie«, ergänzte O'Brien. Er warf einen Blick auf die Blonde. »Sie hat tolle Beine«, sagte er.

Die Männer betrachteten sie einen Augenblick anerkennend.

»Also«, sagte Meyer schließlich, »damit ist wahrscheinlich Schluß. Wir werden den Unfallwagen für diesen Kerl brauchen, nicht wahr?«

»Ja«, sagte O'Brien unlustig.

»Willst du anrufen, Bob?«

»Ja, okay.«

Er verließ das Zimmer. Meyer ging zu der Blondine hin und legte ihr Handschellen an. Mit der leidenschaftslosen Zurückhaltung eines Ehemannes studierte er zum letztenmal ihre entblößten Beine und zog ihr dann den Rock herab. »So«, sagte er. »Anstand und Moral siegen wieder einmal. Die hatte einen wilden Blick im Auge, die da. Mit der hätte ich nicht gern Streit gehabt.«

»Ich hatte ihn«, sagte Hawes.

»Hm.« Meyer betrachtete sein Gesicht. »Ich glaube, wir haben vielleicht noch einen Passagier für den Unfallwagen. Du siehst nicht gerade schön aus, mein lieber Junge.«

»Ich fühle mich auch nicht gerade schön«, sagte Hawes.

Meyer schob seinen Revolver in den Halfter. »Es geht doch nichts über eine kleine Aufregung am Sonntag, nicht wahr?«

»Warum, zum Teufel, regst *du* dich auf?«, fragte Hawes. »Heute ist doch *mein* freier Tag.«

»Lügen?« fragte Ben Darcy. »Was meinst du damit? Warum sollte ich ... ?«

»Vorwärts, Ben. Zum Haus hinüber«, sagte Carella.

»Warum? Was habe ich ... ?« Wie durch ein Wunder erschien ein Revolver in Carellas Faust. Darcy betrachtete ihn einen Moment und sagte dann: »Jesus, du meinst es ernst, nicht wahr?«

»Du etwa nicht?« fragte Carella, und zusammen verließen sie das Gebüsch. Hinter ihnen knallte das Feuerwerk, bewundernde Seufzer der Menge folgten jeder neuen Entfaltung pyrotechnischer Zauberei. Kling traf die beiden vor dem Haus.

»Ich habe dich gesucht, Steve«, sagte er. »Es ist nach acht, und ich sollte Claire um neun abholen. Darum sollte ich lieber abhauen.«

»Bleib noch ein paar Minuten, willst du, Bert?«

»Warum?«

»Warte noch, kannst du nicht?«

»Okay, aber du kennst Claire nicht, wenn ich zu spät komme.«

»Drinnen«, sagte Carella. Sie traten ins Haus. »Nach oben.« Sie gingen nach oben, in das Zimmer, das Carella in seiner Knabenzeit gehört hatte. Noch dekorierten Schulwimpel die Wände. Flugzeugmodelle hingen von der Decke. Ein Samuraischwert, das er aus dem Pazifik nach Hause geschickt hatte, hing rechts von den Fenstern, nahe dem Schreibtisch. Carella fühlte keine nachdenkliche Wehmut in seinem alten Jungenzimmer. Er hatte Darcy in die Zurückgezogenheit des Hauses geführt, weil er ein Polizeiverhör durchführen wollte, und er brauchte den psychologischen Vorteil der abgeschiedenen Stille, der vier Wände, den äußeren Anschein einer Falle. Im 87. Revier hätte er den kleinen Vernehmungsraum dicht neben dem Schreibbüro gebraucht, und aus den=

selben Gründen. Es gab einige Cops, die den Vernehmungsraum wie einen Boxring gebrauchten, aber Carella hatte in all den Jahren, seit er Cop war, niemals Hand an einen Gefangenen gelegt, und er hatte nicht die Absicht, jetzt damit anzufangen. Aber er kannte seine Waffen, und er wußte, daß Darcy log, und er wollte jetzt wissen, warum er log. Als er seinen Revolver zog, hatte er die gleiche psychologische Taktik im Sinn. Er wußte, er brauchte bei Darcy seinen Revolver nicht. Aber die Waffe gab ihm zusätzlich offizielles polizeiliches Gewicht. Und dieser Absicht folgend, hatte er auch Kling gebeten, ihn nach oben zu begleiten, weil das polizeiliche Gewicht durch einen zweiten Cop verdoppelt, das Gefühl der unvermeidlichen Enthüllung gesteigert wurde; die Lügen würden sich im Geist des Verdächtigen gehetzt fühlen und ein Versteck suchen, wenn die Chancen erbarmungslos gegen sie standen.

»Setz dich hin«, sagte er zu Darcy. Darcy setzte sich.

»Warum willst du Tommy umbringen?« fragte Carella barsch.

»Was?«

»Du hast gehört, was ich sagte.« Er stand rechts von Darcys Stuhl. Kling, der begriff, was vorging, nahm augenblicklich eine Stellung links vom Stuhl ein.

»Tommy umbringen?« sagte Darcy. »Willst du mich aufziehen? Warum sollte ich . . .?«

»Das frage ich dich gerade.«

»Aber ich . . .«

»Du sagtest, ein Mann, wenig größer als du, tauchte hinter dir in den Büschen auf und packte dich mit dem Arm um den Hals, stimmt das?«

»Ja. Ja, das ist die Wahrheit.«

»Und dann schlug er dich auf den Kopf, stimmts? Einmal? Richtig?«

»Ja. So war es. Was hat das . . .?«

»Ich bin sechs Fuß groß«, sagte Carella, »vielleicht ein Viertel Zoll mehr oder weniger. Bert hier ist etwa sechs Fuß, zwei Zoll groß. Das ist ungefähr der Unterschied in den Größen zwischen dir und deinem angeblichen Angreifer, nicht wahr? Hast du das nicht gesagt?«

»Ja, das habe ich . . .«

»Würdest du mich einmal von hinten packen, Bert? Lege deinen Arm weit genug um mich, daß ich erkennen kann, was für einen Anzug du trägst. Du sagtest mir doch, dein Angreifer trug einen Smoking, nicht wahr?«

»Nun, ich . . .«

»Sagtest du das nicht?«

»Ja«, erwiderte Darcy.

»Okay, Bert.«

Kling schlang den Arm rund um Carellas Nacken. Carella stand Darcy gegenüber, den Revolver in der rechten Hand.

»Wir sind ziemlich dicht beieinander, nicht wahr, Darcy? Praktisch klebe ich direkt an ihm. Tatsächlich würde es Bert unmöglich sein, mir einen Schlag auf den Kopf zu geben, wenn er mich nicht von sich wegschiebt. Er hat einfach nicht Platz, mich auf den Kopf zu schlagen, habe ich nicht recht?«

»Ja, das stimmt«, sagte Darcy rasch. »Der Angreifer schob mich wirklich von sich. Jetzt erinnere ich mich daran. Ich schrie, und dann, kurz bevor er mich schlug, schob er mich ein paar Fuß von sich weg, so daß er ausholen konnte. Das stimmt, genauso ist es passiert.«

»Ja, das ist etwas anderes«, sagte Carella lächelnd. »Warum hast du mir das nicht gleich erzählt? Er schob dich also von sich fort, stimmt's?«

»Ja.«

»Würdest du das mal vorführen, Bert?«

Kling schob Carella sanft von sich fort, und Carella machte ein paar Schritte vorwärts. »Ungefähr so?« fragte er Darcy.

»Nun, mit beträchtlich mehr Wucht natürlich. Aber ungefähr da blieb ich stehen, ja. Ein paar Fuß von ihm.«

»Nun, das hättest du mir anfangs erzählen sollen«, sagte Carella noch immer lächelnd. »Er schlug dich aus einer Entfernung von ein paar Fuß hinter dir, richtig?«

»Ja.«

»Das bedeutet einen großen Unterschied«, sagte Carella, liebenswürdig lächelnd. »Und er trat dich nicht oder stieß dich, stimmt das?«

»Das ist richtig«, sagte Darcy nickend. »Er schob mich von sich, und dann schlug er mich. So war das.«

»Kannst du mir dann vielleicht erklären, Ben, warum, zum Teufel, diese Wunde genau in der Mitte deines Schädels ist, mitten auf deinem Kopf? Kannst du mir das erklären, Ben?«

»Wie? Ich verstehe nicht –«

»Wenn du von hinten geschlagen wurdest, wärest du höchstwahrscheinlich entweder seitlich oder am Hinterkopf getroffen worden. Falls der Mann nicht ein wahrer Riese war, könnte die Wunde nicht in der Mitte deines Kopfes sein. Ein Mann von der Größe, wie du ihn beschrieben hast, wäre nie imstande gewesen, Kraft genug in einen Schlag zu legen, bei dem er die Waffe erst über deinen Kopf heben und dann senkrecht herunterbringen müßte.«

»Er ... er war eben größer, als ich dachte.«

»Wie groß?«

»Sechs Fuß sechs Zoll vielleicht. Vielleicht größer.«

»Das ist nicht groß genug! Der natürliche Schwung seines Arms hätte diesen Revolver schräg hinten an deinem Kopf landen lassen. Oder, falls er seitlich ausholte, entweder rechts oder links an deinem Kopf hinter den Ohren. Wie ist es damit, Darcy? Du hast dir die Wunde selbst beigebracht, nicht wahr? Du hast den Kopf geduckt und ihn dann gegen den großen Ahorn gerannt?«

»Nein, nein, warum sollte ich –?«

»Um den Verdacht von dir abzulenken, weil du dieses Steuergelenk durchgesägt hast!« sagte Kling.

»Du warst doch heute morgen spazierengegangen, nicht wahr? Das erzähltest du mir, als ich dich zuerst traf«, sagte Carella.

»Ja, aber –«

»Bist du selbst gegen diesen Baum gerannt? Hast du das Steuergelenk durchgesägt, bei deinem kleinen Spaziergang?«

»Nein, nein, ich ...«

»Hast du Tommy diese ›Schwarze Witwe‹ geschickt?«

»Nein, nein, ich schwöre, ich habe nichts davon —«

»Es kam eine Karte mit dieser Spinne«, rief Carella. »Wir werden deine Handschrift damit vergleichen —«

»Meine Handschrift? ... aber ich habe nicht ...«

»Ist diese Blonde mit im Komplott?« schnauzte Kling.

»Welche Blonde?«

»Die Birnbaum erschossen hat!«

»Birnbaum!«

»Oder hast du selbst Birnbaum erschossen?«

»Ich habe keinen erschossen. Ich habe nur ...«

»Nur *was*?«

»Ich wollte nur ...«

»*Was*?«

»Ich ... ich ...«

»Führ ihn ab, Bert«, sagte Carella scharf. »Verhafte ihn wegen Mordes an dem alten Mann. Vorsätzlicher Totschlag. Es ist ein ganz klarer Mordfall.«

»Mord?« schrie Darcy. »Ich habe den alten Mann nicht angerührt! Ich wollte nur ...«

»*Was* wolltest du? Gottverdammt, Darcy, heraus damit!«

»Ich ... ich ... ich wollte zuerst Tommy nur einschüchtern. Mit ... mit der Spinne. Ich ... ich dachte, vielleicht würde ich ihn genug einschüchtern, so daß er ... daß er von der Hochzeit zurücktritt. Aber ... er ... er tat es nicht, er wollte ... er wollte nicht Angst kriegen.«

»Also gingst du an die Arbeit bei dem Wagen, stimmt es?«

»Ja, aber nicht, um ihn umzubringen! Ich wollte ihn nicht umbringen!«

»Was, zum Teufel, dachtest du denn, würde passieren, wenn das Gelenk bricht?«

»Ein Unfall, dachte ich, um die Hochzeit aufzuhalten, aber das ... aber das funktionierte auch nicht. Und dann —«

»Wo kommt diese Blondine ins Spiel?«

»Ich kenne gar keine Blondine. Ich weiß nicht, wovon ihr redet.«

»Die große Blonde, die Birnbaum erschoß! Heraus damit, Darcy!«

»Aber ich erzähle euch ja alles. Ich versuchte nur, Tommy angst zu machen. Der Wein sollte ihn krank machen, ja, aber dann nahm ich Angela zu einer Fahrt in meinem Wagen mit, und ich versuchte, ihr Vernunft beizubringen. Wenn sie dem zugestimmt hätte, was ich ...«

»Welcher Wein? Was meinst du mit Wein?«

»Der Wein. Für ihn und sie. Und wenn Angela mir gesagt hätte, sie würde mit mir gehen, hätte ich die Flaschen wieder weggenommen. Aber jedenfalls soll es ihn nur krank machen, so daß er ... so daß er wie ein Trottel aussieht in seiner Hochzeitsnacht. So daß er ... ihr widerlich ist. Und dann würde sie vielleicht endlich doch zu mir kommen. Ich liebe sie, Steve! Ich liebe Angela!«

»Du gabst ihnen Wein?«

»Zwei Flaschen. Eine für ihn und eine für sie. Zum Mitnehmen in die Flitterwochen. Zwei ganz kleine Flaschen. Ich stellte sie auf die Festtafel. Mit Karten daran.«

»Woher hattest du den Wein?«

»Mein Vater machte ihn. Er setzt jedes Jahr ein Faß an.«

»Und zieht ihn auf Flaschen?«

»Ja.«

»Du hast etwas in den Wein getan? Um sie krank zu machen?«

»Nur in Tommys Flasche. Nur in die mit der Karte ›Für den Bräutigam‹. Ich wollte nicht, daß Angela krank wird. Darum habe ich zwei einzelne Flaschen auf den Tisch gestellt. Eine für die Braut und eine für den Bräutigam. Das Zeug ist nur in seiner Flasche.«

»Welches Zeug?«

»Du brauchst keine Sorge zu haben. Es wird ihn nur krank machen. Ich habe nur ein bißchen davon genommen.«

»Ein bißchen von was, verdammt noch mal!«

»Von dem Zeug, das wir im Garten gebrauchen. Um das Unkraut auszurotten. Aber ich tat es nur in Tommys Flasche. Ich wollte nicht, daß Angela ...«

»Ein Unkrautvertilgungsmittel? Unkrautvertilgungsmittel?« brüllte Carella. »Auf Arsenikbasis?«

»Ich weiß nicht, was da drin ist. Ich nahm nur ein bißchen. Nur, um ihn krank zu machen.«

»Stand denn nicht ›Gift‹ auf der Dose?«

»Ja, aber ich nahm nur ein bißchen. Nur um –«

»Wieviel hast du genommen?«

»Es war nur eine kleine Flasche Wein. Ich nahm ungefähr nur eine halbe Tasse voll.«

»Eine halbe – und man mischt dieses Zeug 20 zu 1 mit Wasser, um das Unkraut zu vertilgen! Und du tust eine halbe Tasse davon in Tommys Wein! Das würde eine ganze Armee umbringen!«

»Eine Armee umbringen – aber – aber, ich wollte doch nur, daß ihm übel wird. Und nur ihm. Nicht Angela. Nur ihm.«

»Sie sind doch jetzt verheiratet, du gottverdammter Idiot! Sie werden aus *einer* Flasche trinken oder aus *beiden* Flaschen oder ... du gottverdammter Trottel! Wie kannst du glauben, daß sie deine Instruktionen für einen Trunk in der Hochzeitsnacht befolgen werden! Oh, du gottverdammter Idiot! Schließ ihn mit den Handschellen an die Heizung, Bert! Ich muß die Kinder aufhalten gehen!«

16

Der Tanz unter dem Sternenhimmel hatte begonnen.

Das Orchester Sal Martino, da es den ganzen Nachmittag und Abend von dem guten, reinen, nur handelsüblich gepanschten Wein und Champagner und Whisky getrunken hatte, da es den süßen, belebenden Geschmack von Antonio Carellas kostspieligen Zaubertränken genossen hatte, spielte mit einem wunderbar schmelzenden Rhythmus. Entfernt verwandte Vettern und Basen umarmten einander mit steigendem Feuer, während die Stunden verrannen. Es würde lange dauern bis zur nächsten Hochzeit.

Steve Carella stürzte aus dem Haus in Richtung auf die Tribüne, sein Blick streifte seine Frau, die unbehaglich in ihrem Sessel hin und her rutschte, schoß über den Tanzboden auf der Suche nach Tommy und Angela. Sie waren nirgendwo in Sicht. Er sah seine Mutter mit Onkel Garibaldi aus Scranton tanzen, und er stürzte zu ihr hin, riß sie dem verdutzten Onkel aus den Armen und fragte: »Wo sind die Kinder?«

»Was ist los?« sagte Louisa.

»Tommy und Angela. Wo sind sie?«

Louisa Carella zwinkerte mit den Augen.

»Mama, sie sind doch nicht schon fort?«

Louisa Carella, die selbst ein bißchen von dem handelsüblich verfälschten Zaubertrank genossen hatte, zwinkerte wieder.

»Mama, sind sie schon fort?«

»Jaja, sie sind fort, es ist schließlich ihre Hochzeit. Was sollten sie denn tun? Hier herumstehen und mit den alten Leuten reden?«

»O Mama!« rief Carella verzweifelnd. »Hast du gesehen, wie sie abfuhren?«

»Ja, natürlich. Ich habe Angela zum Abschied geküßt.«

»Haben sie etwas mitgenommen?«

»Koffer natürlich. Sie fahren auf Flitterwochen, wie du weißt.«

»Che cosa?« fragte Onkel Garibaldi aus Scranton. *»Che cosa, Louisa?«*

»Niente. Sta zitta, Garibaldi«, antwortete sie ihm und wandte sich dann an ihren Sohn. »Was ist denn los?«

»Jemand stellte zwei kleine Flaschen selbstgemachten Wein heute nachmittag auf die Tafel. Hast du sie zufällig gesehen?«

»Ja. Für ihn und für sie. Sehr hübsch.«

»Hatten sie den Wein bei sich, als sie abfuhren?«

»Ja. Ja, ich glaube schon. Ja, ich sah, wie Tommy die Flaschen in einen von den Koffern legte.«

»O Jesus!« rief Carella.

»Steve! Ich mag es nicht, wenn du fluchst.«

»Wohin sind sie gefahren, Mama?«

»Wohin? Wie soll ich das wissen? Es ist *ihre* Hochzeitsnacht. Hast du mir erzählt, wohin du in den Flitterwochen fuhrst?«

»O Jesus«, stöhnte Carella wieder. »Was sagte sie mir doch noch, was sagte sie doch? Sie sprach etwas von dem Hotel! Verdammt noch mal, was sagte sie? Hat sie den Namen erwähnt?«

»Was ist nur mit dir los?« fragte Louisa ihren Sohn. »Du benimmst dich wie ein Verrückter!«

»Bert!« schrie Carella, und Kling rannte zu ihm hin. »Bert, hast du irgendjemand den Namen des Hotels nennen hören, wo die Kinder hingegangen sind?«

»Nein. Warum? Haben sie den Wein mitgenommen?«

»Ja.«

»O Jesus«, sagte Kling.

»Was sollen wir machen?«

»Ich weiß nicht.«

»Ein großes Hotel, sagte sie. Ich bin sicher, das sagte sie. Warte mal, warte mal, eins der größten Hotels der Welt, sagte sie. Hier in der City. Das hat sie gesagt.«

Er umklammerte verzweifelt Klings Schultern. »Welches ist eins der größten Hotels der Welt, Bert?«

»Ich weiß nicht«, antwortete Kling hilflos.

»Meinst du, es hat sie vielleicht jemand fortfahren sehen?« Er wandte sich zu seiner Mutter. »Mama, nahmen sie einen von den Wagen?«

»Nein, ein Taxi, Steve. Was ist denn nur los? Warum bist du so . . .?«

»*Che cosa?*« fragte Onkel Garibaldi aus Scranton wieder.

»*Sta zitta*!« sagte Louisa mit fester Stimme.

»Hast du gehört, ob Tommy dem Taxifahrer gesagt hat, wohin sie fahren?«

»Nein. Mein Gott, sie sind erst vor wenigen Minuten fort. Wenn ich gewußt hätte, daß es so wichtig ist, hätte ich sie gefragt . . .«

Aber Carella hatte seine Mutter schon verlassen und lief zur Front des Hauses an der Straße. Er blieb am Tor stehen und sah in beide Richtungen. Kling hielt keuchend neben ihm an.

»Siehst du was?«

»Nein.«

»Da ist jemand.«

Carella sah, wie Jody Lewis, der Fotograf, seine Ausrüstung in den Kofferraum seines Wagens packte. »Lewis«, sagte er. »Vielleicht hat der sie gesehen. Komm.«

Sie gingen zum Wagen. Lewis schlug den Kofferraum zu und kam dann rasch um den Wagen herum. »Hübsche Hochzeit«, sagte er, stieg ein und ließ den Motor anlaufen.

»Einen Augenblick«, sagte Carella. »Haben Sie meine Schwester und ihren Mann hier abfahren sehen?«

»Das glückliche Paar?« fragte Lewis. »Ja. Aber entschuldigen Sie, ich bin in Eile.« Er löste die Handbremse.

»Haben Sie zufällig die Adresse gehört, die sie dem Taxifahrer angaben?«

»Nein«, sagte Lewis. »Es ist nicht meine Gewohnheit zu horchen. Jetzt, wenn Sie mich bitte entschuldigen wollen, möchte ich meine Arbeit beenden und schlafen gehen. Gute Nacht. Es war eine wunderbare Hochzeit.«

»Ihre Arbeit beenden?« Carella stutzte, dann wandte er sich an Kling, und im selben Augenblick trat derselbe aufgeregte Ausdruck in ihre Gesichter. »Sie wollen noch ein Bild von den beiden machen?«

»Ja, ich bin ...«

»Im Hotel? Wie sie ihre Schuhe herausstellen?«

»Ja«, sagte Lewis, »also verstehen Sie, daß ich in Eile bin. Wenn Sie ...«

»Sie haben Gesellschaft bekommen, Mister«, sagte Carella und öffnete die Wagentür. Kling zwängte sich in den Sedan. Carella wollte ihm eben folgen, als er die Stimme seiner Mutter auf dem Weg hinter sich hörte.

»Steve! Steve!«

Er zögerte, den einen Fuß im Wagen, den anderen auf dem Straßenpflaster.

»Was gibt es, Mama?«

»Teddy! Teddy! Mit ihr ist es soweit!«

»Was?«

»Es ist soweit! Das Baby, Steve!«

»Aber das Baby soll doch erst nächste Woche . . .«

»Es ist soweit!« erklärte Louisa Carella fest. »Bring sie in die Klinik!«

Carella schlug die Wagentür zu. Er steckte den Kopf durch das offene Fenster und rief: »Halt die Kinder auf, Bert! Meine Frau kriegt das Baby!« Und er lief wie verrückt den Weg zum Haus hinauf.

»Welches Hotel ist es?« fragte Kling.

»Das Neptune.«

»Können Sie nicht schneller fahren?«

»Ich fahre so schnell ich kann. Ich möchte keinen Strafbefehl bekommen.«

»Ich bin Detektiv«, sagte Kling. »Sie können so schnell fahren, wie Sie wollen. Jetzt geben Sie Gas!«

»Ja, Sir«, antwortete Lewis, und er drückte den Fuß auf den Gashebel.

»Können Sie nicht schneller fahren?« sagte Carella zu dem Taxichauffeur.

»Ich fahre so schnell ich kann«, sagte der Taxichauffeur.

»Verdammt! Meine Frau kriegt ein Baby!«

»Also, Mister, ich . . .«

»Ich bin Polizist«, sagte Carella. »Bringen Sie das Ding in Bewegung.«

»Warum machen Sie sich Sorgen?« sagte der Chauffeur und drückte den Fuß auf den Gashebel. »Wir beide, ein Polizist und ein Taxichauffeur, sollten doch verdammt dazu imstande sein, einem Baby auf die Welt zu helfen.«

17

Eine Tagung der Elche oder Mäuse oder Maurer oder sonst etwas trieb ihren Jux im Vestibül des Neptune-Hotels, als Kling mit Jody Lewis ankam. Einer von den Elchen oder Mäusen oder sonstwas berührte Kling mit einem elektrisch geladenen Stab, so daß er zwei Fuß hoch in die Luft sprang und dann weiter auf den Empfang zustürzte, wobei er dachte, er würde diesen Mann als eine öffentliche Gefahr verhaften, sobald er die Sache mit Tommy und Angela erledigt hatte. Mein Gott, es war halb neun vorbei, Claire würde einen Wutanfall bekommen, wenn er endlich dazu kam, sie abzuholen. Angenommen, die Kinder hatten den Wein noch nicht probiert – warum nannte er sie eigentlich Kinder? Tommy war ungefähr in seinem Alter – aber angenommen, sie hatten den Wein noch nicht getrunken, angenommen, es würde keine Magenpumpe und keine rasche Fahrt zum Krankenhaus notwendig sein, heiliger Moses, was war daraus geworden, was als ein ruhiger Sonntag angefangen hatte?

»Mr. und Mrs. Giordano«, sagte er zu dem Empfangschef.

»Ja, Sir, sie sind vor kurzem angekommen«, antwortete der Chef.

»Welches Zimmer haben sie?«

»Es tut mir leid, Sir, sie haben Instruktionen hinterlassen, daß sie nicht gestört werden wollen. Es sind Hochzeitsreisende, verstehen Sie, und . . .«

»Ich bin von der Polizei«, sagte Kling und klappte seine Brieftasche mit dem Schild auf. »Welches Zimmer? Rasch!«

»Ist etwas . . .?«

»Welches Zimmer, verdammt noch mal?«

»Vierhundertachtundzwanzig. Ist etwas . . .«

Kling jagte zum Lift. Hinter ihm, die Kamera in der Hand, schoß Jody Lewis durch das Vestibül.

»Vier«, sagte Kling zum Liftjungen. »Schnell!«

»Wozu die Eile?« erwiderte der Junge. Müßig gegen das Schaltbrett gelehnt, grinste er Kling höhnisch gelangweilt an. Kling war nicht nach Streit zumute. Auch wollte er sich nicht die Auszeichnung verdienen, der erste Gast des Neptune seit zehn Jahren zu sein, den man grob behandelt hatte. Er packte den Liftjungen einfach bei seiner Livree, riß ihn vom Schaltbrett fort, warf ihn gegen die hintere Wand des Lifts, gerade als Jody Lewis den Fahrstuhl betrat, und dann drückte er den Knopf, um die Türen zu schließen, und den anderen Knopf mit der Nummer vier.

»He«, sagte der Liftjunge, »das dürfen Sie nicht . . .«

»Zum Teufel, halt's Maul«, sagte Kling, »oder ich schmeiß dich den Schacht hinunter.«

Der Junge ging zu einem beleidigten Schweigen über. Mürrisch gegen die Rückwand des Lifts gelehnt, beschimpfte er Kling innerlich, während der Fahrstuhl den Schacht hinaufschoß. Die Türen glitten zurück, und Kling stürzte mit Lewis in den Korridor. Hinter ihm, als letzten Schuß der Verachtung, schrie der Liftjunge: »Du gemeiner Kerl!« und schloß dann heftig die Türe.

»Welches Zimmer?« fragte Lewis.

»Vierhundertachtundzwanzig.«

»Hier entlang.«

»Nein, hier entlang.«

»Hier steht vierhundertzwanzig bis vierhundertachtundzwanzig.«

»Aber der Pfeil zeigt nach dieser Richtung.«

Sie eilten gemeinsam den Korridor hinunter.

»Hier ist es!« rief Lewis.

Kling klopfte an die Tür. »Macht auf!« schrie er.

»Wer ist da?« rief Tommys Stimme zurück.

»Polizei! Bert Kling! Macht auf! Rasch!«

»Wie? Was?« fragte Tommy; seine Stimme klang verwirrt hinter der Tür. Ein Riegel wurde zurückgeschoben, ein Schlüssel umgedreht. Die Tür ging auf. Tommy stand da mit einem Weinglas in der Hand. Er trug einen blauseidenen Hausmantel, und er schien fürchterlich verlegen. Hinter ihm saß Angela Giordano auf einem kleinen Sofa und hob ein Weinglas an die Lippen, während sie mit verblüfft gerunzelter Stirn zur Tür sah.

Klings Augen wurden groß. »Halt!« schrie er.

»Was?«

»Trinkt diesen Wein nicht!«

Er schoß an dem verblüfften Tommy Giordano vorbei ins Zimmer und schlug Angela das Weinglas aus der Hand.

»Hallo, was, zum Teufel . . .« begann Tommy, und Kling sagte: »Hast du schon getrunken?«

»Den Wein?«

»Jaja, den Wein!«

»Nein. Wir haben eben eine von den Flaschen aufgemacht. Was . . .?«

»Welche?«

»Das weiß ich nicht. Sie stehen beide dort auf dem Tisch. Was soll das bedeuten? Haben die Burschen dich dazu angestiftet?«

Kling lief zum Tisch und hob die geöffnete Flasche Wein hoch. Die Karte hing ihr noch um den Hals. »Für die Braut.« Plötzlich fühlte er sich wie ein Esel. Er nahm die zweite Flasche, die mit dem Schild »Für den Bräutigam« und ging, höchst verlegen, zur Tür zurück.

»Entschuldigung«, sagte er. »Tut mir leid, daß ich euch störte. Der Wein war nicht gut. Tut mir leid. Entschuldigung, Entschuldigung«, sagte er, während er sich rückwärts zur Tür zurückzog.

Hinter ihm sagte Jody Lewis: »Ein letztes Bild, bitte. Stellt nur die Schuhe in den Korridor heraus für mich, bitte, ja? Ein letztes Bild.«

»Ach, geht zum Teufel«, rief Tommy und schlug die Tür hinter seinen Besuchern zu.

»Junge«, sagte Lewis, »hat der eine Wut.« Er machte eine Pause. »Ist das Wein, was Sie da haben?«

»Ja«, antwortete Kling, noch immer verlegen.«

»Warum machen wir ihn nicht auf und nehmen einen Schluck?« fragte Lewis. »Ich bin ganz erledigt.«

Im Warteraum der Klinik ging Steve Carella hin und her. Meyer, Hawes und O'Brien, die dem Unfallwagen mit Sokolin gefolgt waren, nachdem sie Oona Blake bei dem örtlichen Revier abgegeben hatten, gingen hinter ihm hin und her.

»Warum dauert es solange?« fragte Carella. »Mein Gott, dauert es immer so lange?«

»Nur ruhig«, sagte Meyer. »Ich habe es schon dreimal durchgemacht. Es dauert jedesmal länger.«

»Sie ist jetzt fast schon eine Stunde lang hier«, stöhnte Carella.

»Es wird ihr schon gutgehen, keine Sorge. Wie wirst du das Baby nennen?«

»Mark, falls es ein Junge ist, und April, falls es ein Mädchen ist. Meyer, es sollte nicht so lange dauern, nicht wahr?«

»Ruhig.«

»Ruhig, ruhig.« Er schwieg. »Ich frage mich, ob Kling rechtzeitig zu den Kindern gekommen ist.«

»Ruhig«, sagte Meyer.

»Kannst du dir so etwas Verrücktes vorstellen? Tut Arsenik — eine halbe Tasse voll — in eine kleine Flasche Wein und denkt, es würde Tommy davon nur übel werden! Ein Student der Zahnmedizin! Soviel bringen sie den Dentisten von Chemie bei?« Er schüttelte den Kopf. »Versuchter Mord, sage ich. Wir werden den Strolch schon rankriegen.«

»Ruhig«, sagte Meyer. »Wir werden sie alle rankriegen.«

»Was macht denn Sokolin?«

»Er wird am Leben bleiben«, sagte Meyer. »Hast du Cottons Gesicht gesehen?«

»Ich höre, ein Mädchen hat dich zusammengeschlagen, Cotton«, sagte Carella.

»Ja«, erwiderte Hawes mit beschämter Miene.

»Da kommt eine Pflegerin«, sagte O'Brien.

Carella fuhr herum. Steif gestärkt und bestimmt marschierte die Schwester den Korridor entlang. Er ging rasch, um mit ihr zu sprechen, seine Absätze klapperten auf dem Marmorboden.

»Geht es ihr gut?« hörten die Detektive ihn fragen, und die Schwester nickte, und dann nahm sie Carellas Arm und führte ihn zur Seite, wo die beiden eine geflüsterte Beratung anfingen.

Carella nickte dauernd. Die Detektive beobachteten ihn. Dann fragte Carella etwas lauter: »Kann ich sie jetzt besuchen?«

»Ja«, antwortete die Pflegerin. »Der Doktor ist noch bei ihr. Alles geht gut.«

Carella lief den Korridor entlang und sah sich nicht nach seinen Kollegen um.

»He!« rief Meyer.

Carella drehte sich um.

»Was ist los?« fragte Meyer. »Mark oder April?«

Und Carella, mit einem leicht verwirrten Grinsen auf dem Gesicht, rief: *»Beides«* und rannte zum Fahrstuhl.

Nachwort

Ed McBain ist ein Pseudonym des amerikanischen Schriftstellers Evan Hunter, der in den angelsächsischen Ländern auch als *Curt Cannon, Hunt Collins, Ezra Hannon* und *Richard Marsten* veröffentlicht; einige der unter diesen Pseudonymen geschriebene Bücher liegen bei uns unter dem McBain-Pseudonym vor.

Aber auch Evan Hunter ist nicht McBains Geburtsname: Er wurde als Salvatore A. Lombino am 15. Oktober 1926 in New York geboren, wo er auch aufwuchs und das Hunter-College erfolgreich absolvierte. Während des 2. Weltkriegs diente er in der Kriegsmarine. Nachdem er das College, das wohl für die Umänderung seines Namens in Evan Hunter mitverantwortlich war, mit einem *Bachelor of Arts* abgeschlossen hatte, arbeitete er zunächst als Berufsschullehrer (dieser Hintergrund wurde später in seinem erfolgreich verfilmten Roman *The Blackboard Jungle* verwendet). Anschließend versuchte er sich in den verschiedensten Berufen: Maler, Pianist, Klubmanager, Hummerlieferant und schließlich als Angestellter einer literarischen Agentur. Dieser direkte Umgang mit Schriftstellern gab den Ausschlag für McBain, selbst zu schreiben. Seit 1952 hat er fast 60 Romane veröffentlicht! Die meisten davon waren so erfolgreich, daß er heute zu den meistverdienenden Schriftstellern auf der Welt gehört. McBain schreibt nicht nur Kriminalromane und Thriller, sondern auch – als Evan Hunter – Gesellschaftsromane im Bestsellerstil. Er hat ebenfalls einige Jugendbücher geschrieben und drei Theaterstücke, die in New York und England aufgeführt wurden. Viele seiner Bücher wurden erfolgreich verfilmt. Hunter-McBain veröffentlicht auch weiterhin regelmäßig mehrere Bücher pro Jahr. Er ist inzwischen zum dritten Mal verheiratet und lebt in Connecticut.

Die Serie um das 87. Poizeirevier ist zweifellos die erfolgreichste Polizeiromanserie der Kriminalliteratur. Dieses kriminalliterarische Subgenre, im Englischen *police procidural* genannt, wurde

1945 von dem Amerikaner Lawrence Treat mit dem Roman *V As in Victim* begründet. Im Mittelpunkt der Handlung dieser Art Kriminalliteratur steht ein Polizistenteam, und der Leser beobachtet es bei der Aufklärungsarbeit eines Verbrechens. Es ist bezeichnend, daß sich der Polizeiroman erst nach dem 2. Weltkrieg herauszubilden begann: In den modernen Industriegesellschaften wurde die Einzelpersönlichkeit, die im klassischen Detektivroman oder in den harten Privatdetektivgeschichten heroisiert wird, immer unwichtiger und mußte sich aus ökonomischen Gründen in ein Team eingliedern. Die Betonung der Teamarbeit findet ja nahezu in allen Bereichen des Berufslebens statt. In diesen Polizeiromanen geht es vor allem darum, zu zeigen, wie der Polizeiapparat funktioniert. McBains Verdienst ist es, daß er trotz des Gewichts der Polizeimaschinerie in seinen Geschichten nie die dahinterstehenden Menschen aus den Augen verliert. Er charakterisiert auch noch die für den Handlungsverlauf unwichtigste Person individuell und verzichtet auf primitive Schwarzweiß-Klischees.

Die Serie mit dem 87. Polizeirevier begann 1956, und bisher sind 34 Romane erschienen. Des weiteren schrieb McBain auch mehrere Kurzgeschichten über Steve Carella und seine Mannen. Die Serie war von Anfang an in den USA ein großer Erfolg und wurde bereits in den 50er Jahren mehrfach für den Film adaptiert. Sogar in Japan entstand eine Verfilmung – nach dem Roman *Kings Lösegeld*, UB 10062. Die spektakulärste und umstrittenste Verfilmung ist Philippe Labros filmische Umsetzung von *Neun im Fadenkreuz*, UB 1659: Er verlegte die Handlung nämlich an die französische Riviera, was den wenigsten McBain-Fans gefiel. Größeren Gefallen bei den Fans fand dagegen eine langlebige Fernsehserie, aus der auch Mitte der 60er Jahre 13 Folgen bei uns gezeigt wurden.

Die Geschichten um das 87. Polizeirevier spielen in einer namenlosen Stadt, von der im Text immer als *der Stadt* die Rede ist. Aber dem Leser fallen sofort die Parallelen mit einer wirklichen Stadt auf – nämlich New York. Dies ist auch kein Wunder, denn McBain kennt New York wie seine Westentasche. Er gab den topographischen Eigenheiten lediglich andere Namen: Isola, die Halbinsel, auf der das 87. Polizeirevier am Rande eines großen Parks liegt, ist Manhattan; Riverhead die Bronx; Majesta ist Queens; Calms Point stellt Brooklyn dar, und Bethtown ist mit Staten Island identisch. Die beiden Flüsse, die durch die Stadt fließen, Harb und Dix, sind der Hudson und der East River.

Hauptpersonen der Romane sind eigentlich kaum die Beamten des 87. Reviers, sondern immer wieder die Personen, die in das dargestellte Verbrechen verwickelt sind. Ab und zu geht mit McBain da auch seine Vorliebe für bizarre Typen durch; man denke nur an den parzivalesken Tor Roger Broome aus *Das Unschuldslamm,* UB 1065. Überhaupt zeigt McBain immer wieder einen sarkastischen Humor, der bitterböse Seitenhiebe gegen den *American Way of Life* austeilt.

Ebenso vielfältig wie seine Charaktere, die fast so etwas wie eine amerikanische *Menschliche Komödie* bilden, sind die Milieuzeichnungen. McBain wechselt das Milieu oft mehrmals im Buch, wobei ihm seine auf mehreren Handlungsebenen angesiedelte Erzählweise entgegenkommt. Und McBain scheint sich in jedem Milieu hervorragend auszukennen: Sei es bei den Reichen, wie etwa in *Kings Lösegeld,* oder unter Puerto Ricanern und Drogensüchtigen wie in *Weisser Schnee für Fixer,* UB 1945.

Wenn es eine zentrale Figur in den Romanen gibt, dann ist dies Steve Carella. Er steht öfters als jeder andere Beamte im Mittelpunkt des Geschehens. Manchmal dreht sich sogar der ganze Plot um seine Person, wie etwa in *Die lästige Witwe,* UB 10077. Ein ungeheuer spannender Roman, in dem eine Frau das ganze Revier als Geisel hält und auf Steve Carella wartet, den sie umbringen will. McBain schreibt zwar keine ausgesprochenen Psychothriller, aber er beherrscht doch die Spannungsmöglichkeiten dieser Erzählebene souverän.

Die meisten Beamten könnte man als individuell gezeichnete Durchschnittsmenschen bezeichnen, wie man sie wohl wirklich treffen könnte. Mit großer Liebe für seine Charaktere und nicht minder großer Sorgfalt hat er die einzelnen Personen dabei höchst unterschiedlich entwickelt. Neben dem mit einer taubstummen Frau glücklich verheirateten Steve Carella gibt es zum Beispiel das Nesthäkchen Bert Kling. Bei seinem ersten Auftritt ist er ein junger, unerfahrener Streifenbeamter, dessen Freundin ermordet wird. McBain schildert eindrucksvoll den damit verbundenen Schock des jungen Mannes, und über die weiteren Romane behält er seine Entwicklung, besonders was seine Beziehungen zu Frauen angeht, im Auge. Überhaupt verwendet McBain viel Platz darauf, das Privatleben seiner Personen vorzuführen. Ihre Ängste, Hoffnungen, Familien und Affären werden über die Gesamtzahl der Romane episch breit dem Auge des Lesers vorgeführt. Das Revier ist voller verschiedenster Typen: Der Jude Meyer Meyer, dessen Vater ein rechter Witzbold war und seinem Sohn mit der Wahl seines Vornamens eine schwere Kindheit bereitete; der muskelbepackte und witzige Frauenheld Cotton Hawes; Dick Genero, der dümmste Polizist der Kriminalliteratur, und der unangenehm sadistische Andy Parker unterstehen dem kompetenten und integeren Lieutenant Peter Byrnes. Bei seinen »Helden« verzichtet McBain darauf, sie zu übermenschlichen guten Helden zu machen. Es sind Durchschnittsmenschen mit Stärken und Schwächen, und schwarze Schafe finden sich auch bei der Polizei. Deshalb ist auch der Vorwurf einiger Kritiker zurückzuweisen, der besagt, daß McBain Polizisten und Polizeiarbeit unkritisch glorifiziere. Dies verhindert schon seine naturalistische Erzählweise.

McBain begnügt sich selten mit einem Plot. Meistens laufen mehrere Handlungsstränge nebeneinander her, die nicht immer am Ende verknüpft werden, sondern jeder für sich eine eigene Geschichte erzählt. Oder er läßt eine Geschichte abwechselnd auf mehreren Ebenen erzählen: Einmal richtet er seinen Blick auf den Täter und sein Verhalten und im nächsten Moment liegt sein Augenmerk bei der Aufklärungsarbeit durch die Polizisten. McBain versteht es meisterhaft, einfache Zeugen oder indirekt Betroffene durch scharfe Charakterisierung in die Geschichten miteinzubauen.

McBain ist ein kritischer Chronist der amerikanischen Gesellschaft. Dies ist die konsequente Fortsetzung seiner Evan-Hunter-Gesellschaftsromane. Er zeigt dem Leser eindringlich die Schattenseiten. In *Nackt ist die beste Maske,* UB 1710, zum Beispiel entkleidet er die Prostitution von jeder Romantik und erklärt überzeugend das bigotte Nebeneinander von Gesetz und nicht zu unterdrückenden aber schamhaft illegalisierten Bürgerbedürfnissen.

Dies und sein schriftstellerisches Talent haben McBain schon jetzt zu einem Klassiker der Kriminalliteratur werden lassen und natürlich zu *dem* Klassiker des Polizeiromans.

Martin Compart